KB001833

나는 내 가족의 기억을 기리기 위해, 또한 조상들이
겪었던 폭력에 복수하기 위해 《나무좀》을 썼다.
한국 독자들이 이 소설에서 가족사의 자취를 발견하고
지금도 여전히 계속되는 자본주의와 가부장제의 폭력에
맞서 싸울 수 있는 힘을 찾기를 바란다.
나의 모든 진심과 사랑을 담아, 라일라.

나무좀

나무좀

라일라 마르티네스 • 엄지영 옮김

은행나무

차례

일러두기

* 본문 하단의 각주는 모두 옮긴이의 것이다.

사탄이 우리의 결혼식을 축복하도록,

호세에게 이 책을 바친다.

I

문턱을 넘어섰을 때, 집이 나를 향해 달려들었다. 여기 수북이 쌓인 벽돌 더미와 잡동사니들도 늘 마찬가지다. 그것들은 누구든 문을 통과하기만 하면 덤벼들어 숨을 쉬지 못할 때까지 속을 뒤틀어놓는다. 엄마는 이 집에 살면 이가 빠지고 속이 말라버린다고 입버릇처럼 말하곤 했다. 그래서인지 엄마는 아주 오래전에 이곳을 떠났다. 나는 엄마에 대한 기억이 전혀 없지만, 할머니로부터 그 말을 들어서 알고 있다. 물론 할머니가 굳이 말해주지 않았더라도 나는 이미 그 사실을 잘 안다. 여기에 살다 보면 이와 머리카락이 자꾸 빠지고 살도 쑥 빠진다. 그리고 평소 조심하지 않으면 집 안을 이리저리 기어다니거나, 침대에 누워 다시는 일어나지 못하게 된다.

나는 가방을 궤짝 위에 올려두고 부엌문을 열었다. 그

런데 할머니가 보이지 않았다. 부엌 식탁 밑에도, 식료품 수납장 안에도 없었다. 나는 무턱대고 위층으로 올라갔다. 옷장 서랍과 벽장문을 전부 열어보았지만, 할머니는 보이지 않았다. 빌어먹을 할망구 같으니. 바로 그 순간 침대 밑으로 빼죽이 튀어나온 신발 코가 눈에 띄었다. 다른 때 같았으면 침대 밑에 사는 자들을 성가시게 하지 않기 위해서라도 함부로 침대 시트 귀퉁이를 들추지 않았을 것이다. 하지만 그건 할머니의 신발이 분명했다. 에나멜 구두가 얼마나 반짝반짝 광이 나던지 방 반대편에 있더라도 내 모습이 가죽에 비칠 정도였다. 내가 침대 시트를 걷어내자, 할머니는 침대 위에 깔린 판자를 빤히 쳐다보고 있었다. 어느 날 아침, 궤짝에서 나오는 할머니를 본 이웃집 여자는 기자들에게 달려가 할머니가 치매에 걸렸다고 말했다. 하지만 언제나 남을 험담하기나 좋아하지, 도로변 술집의 튀김기보다 더 지저분한 머리를 하고 다니는 그 망할 여편네가 뭘 알겠는가? 할머니는 치매가 아니다.

나는 할머니를 억지로 끌어내 침대에 앉히고 어깨를 잡고 흔들었다. 그렇게 하면 금방 제정신으로 돌아오는 경우도 있었지만, 그러지 않을 때도 있었다. 이번에는 아무 효과도 없었다. 이럴 땐 정신이 들 때까지 기다리는 것이 최선의 방법이다. 나는 할머니를 끌고 복도로 나가 다락

문을 열고 안에 밀어 넣은 다음, 문을 잠가버렸다. 이 집은 모든 문을 밖에서 잠글 수 있게 되어 있다. 그건 크리스마스 때 사람들이 되풀이하는 어리석은 짓과 마찬가지로 우리 가족의 오랜 관습이다. 우리는 서로를 방에 가두어 버리는 것 같은 이상한 관습을 많이 가지고 있지만, 양고기만큼은 절대 먹지 않는다. 아무리 짐승이라 해도 우리한테 아무 해코지도 하지 않은 양들을 잡아먹는다는 것이 너무 저속하고 야만스러운 것 같아서였다.

나는 아래층으로 내려가 가방을 가져온 다음 다시 계단을 올라왔다. 방으로 곧장 이어지는 계단을 제외하면, 위층에는 내가 할머니와 함께 쓰는 방 하나밖에 없다. 나는 내가 쓰는 작은 침대 위에 가방을 올려놓았다. 그건 예전에 엄마가, 그 전에는 할머니가 쓰던 침대였다. 이 집에서는 돈이나 금반지는 물론, 이니셜을 수놓은 침대 시트조차 물려주지 않는다. 여기서 우리가 물려받는 것은 낡은 침대와 울분이 전부다. 원망(怨望)과 밤에 누워 자는 곳, 이 두 가지만 이 집에서 물려받을 수 있다. 나는 할머니의 머릿결을 물려받지 않았다. 할머니의 머리카락은 그 나이에도 여전히 밧줄처럼 튼튼하고 억세서, 머리를 푸는 모습을 보기만 해도 감탄이 절로 나온다. 반면 내 머리카락은 숱이 적은 데다 가늘고 힘이 없어 머리에 착 달라붙을 뿐 아니라, 감은 지 두 시간만 지나도 기름이 잔뜩 낀다.

나는 그 심내를 좋아한다. 머리맡에 수호천사의 그림 카드가 테이프로 가득 붙어 있기 때문이다. 시간이 흐르면 종종 테이프가 낡고 문드러져 떨어지는데, 그럴 때마다 새로운 테이프 조각을 곧장 이로 잘라 제자리에 다시 붙인다. 내가 가장 아끼는 것은 천사가 절벽에 떨어질 듯한 두 어린아이를 지켜보는 그림이다. 그림 속 아이들은 낭떠러지가 아니라 자기 집 마당에 있는 것처럼 멍청한 얼굴을 하고 웃으며 절벽 위에서 놀고 있다. 그렇게 어린 나이도 아닌데, 저 바보들은 별일 아니라는 듯이 거기에 있다. 나는 아침에 눈을 뜨자마자 그 아이들이 절벽에서 떨어졌는지 확인하기 위해 그 그림부터 보는 날이 많다. 그것 외에도 아기가 집에 불을 지르려는 그림, 쌍둥이가 전기 소켓에 손가락을 넣으려는 그림, 어떤 여자아이가 부엌칼로 자기 손가락을 자르려는 그림도 있다. 그런데 그림 속 아이들은 모두 둥그스름하고 분홍빛으로 물든 볼에 사이코패스 같은 표정을 지으며 웃고 있다. 할머니는 우리 엄마가 태어났을 때, 천사들이 아기를 지켜주도록 그 그림들을 침대에 붙여두었다고 한다. 매일 밤 잠들기 전이면 할머니와 엄마는 침대 옆에 무릎을 꿇은 채 두 손을 가지런히 모으고 침대 네 귀퉁이에는 네 명의 천사가 나를 지켜주고 있나이다, 라고 기도했다. 그러던 어느 날, 진짜 천사를 본 할머니는 그 그림 카드를 그린 이들이 평생 천사를 본 적이 없다는 것을 알았다. 할머니가 목격한 천사들 중 누구도 그림처럼 금발의 곱슬머리와 아름다운 얼굴을 가지고 있지 않았기 때문이었다. 그들은 오히려 사마귀같이 거대한 곤충이 기도하는 생김새를 하고 있었다. 수백 개의 눈과 집게처럼 생긴 입을 가진 네 마리의 사마귀가 딸아이의 침대 가까이 오는 것을 바라지 않았던 할머니는 그날로 기도를 중단했다. 하지만 이제는 혹시 그들이 지붕 위에 내려앉아 긴 더듬이와 다리를 굴뚝에 집어넣을까 두려워 그들에게 다시 기도한다. 가끔 다락에서 이상한 소리가 들리면, 우리는 살금살금 위로 올라가 지붕 틈새로 우리를 지켜보고 있는 그들의 눈을 발견하고, 그들에게 겁을 주려 성모송*을 읊조린다.

나는 가방에서 옷을 꺼내 침대 위에 올려놓았다. 셔츠 네 벌, 타이츠 두 벌, 팬티 네 장, 양말 다섯 켤레, 그리고 판사한테 갔을 때 입었던 검은색 바지와 꽃무늬 셔츠. 특히나 그 바지와 셔츠는 내가 취업 면접을 보러 갔을 때 입었던 옷이었다. 내가 착하고 순수하기 때문에 얼마든지

* 성모송(Avemaría)은 성모마리아를 기리며 바치는 찬가이자 기도문이다.

미혹하게 착취당할 용의가 있다는 것을 표현하고 싶었던 터라 그 옷을 입었다. 판사에게는 순진하게 보이는 것이 잘 통했지만, 사업가에게는 소용이 없었다. 그들은 이를 악물고 미소 짓는 내 얼굴에서 분노의 빛을 보았던 모양이다. 내가 얻은 유일한 일자리는 하라보 부부네 아들을 보살피는 것이었다. 우리 집안은 대대로 그 가족 밑에서 일해왔기에 내가 무슨 옷을 입든 그들에게 어떤 감정을 품고 있든 간에 나 또한 계속 그들을 위해 일할 수밖에 없다는 사실에는 변함이 없었다. 따라서 내가 무슨 셔츠를 입든, 어떤 악감정을 지녔든 그들은 전혀 상관하지 않았다.

이제 그 셔츠는 색이 바래서 더는 입을 수도 없다. 하지만 그 사건이 일어난 후로 취업 면접을 볼 일도 없을뿐더러, 나를 고용하려는 이도 없을 테니까 상관없다. 치미는 분노를 참기 위해 이제 더 이상 이를 악물지 않아도 된다. 할머니는 그래도 뭔가를 배워둬야 할 거라고 항상 잔소리한다. 할머니는 내가 하루 종일 집에만 틀어박혀 있는 꼴이 보기 싫어 그러는 것 같다. 하지만 오랫동안 하는 일 없이 빈둥거리다 보면 나 자신도 괜히 불안해지고 신경이 곤두서기 때문에 그 말에도 일리가 있다. 사실 내가 가장 하고 싶은 것은 개를 산책시키는 일인데, 이 동네에서는 아무도 돈을 주고 내게 그런 일을 맡기려고 하지 않는다. 여기서는 대개 개를 우리에 가두어 기르며, 딱딱해진 빵 조각을 가끔씩 문 위로 던져주면 고맙다고 꼬리를 흔들어 댄다.

그럼 하던 이야기를 계속하도록 하자. 나는 가방에서 옷들을 꺼낸 다음, 셔츠를 벗고 깨끗한 것으로 갈아입었다. 새로 입은 셔츠가 예뻤다고 말하고 싶지만 그건 사실이 아니다. 나는 여러분에게 사실 그대로 말하고 싶을 뿐이다. 솔직히 말해 두 셔츠 모두 너무 오래 입어 늘어지고 너덜너덜해져 보기 흉했다. 하지만 적어도 새로 갈아입은 셔츠에서는 우리가 타고 다니는 버스 안처럼 고약한 냄새—그건 천으로 칸을 구분해놓은 체육관 탈의실 냄새와 비슷했다—가 풍기지는 않았다. 나는 옷들을 서랍장 제일 아래 칸에 넣었지만 어리석은 짓이라는 것을 알고 있었다. 내일 아침에 일어나면 부엌 찬장이나 식료품 수납장 선반, 아니면 현관 신발장에서 그 옷들을 찾아봐야 할 테니까. 항상 같은 일이 반복된다. 이 집에서는 아무것도 믿을 수 없지만, 무엇보다 옷장이나 벽은 더더욱 그렇다. 서랍장의 경우 조금 나을지 모르겠지만 믿을 수 없기는 매한가지다.

어디선가 쿵쿵거리는 소리가 들렸다. 나는 할머니가 이

마로 문을 두드리고 있다는 것을 알았다. 곧 제정신으로 돌아올 모양이었나 보다. 그런 줄 알았다면 할머니가 다락 창문으로 다가가기 전에 정신을 차리게 할 걸 그랬다. 떨어지거나 뛰어내리는 일이 한두 번이 아닐뿐더러, 계속 그런 짓을 하면 불구나 백치가 될 것이 뻔했기 때문에 나는 다락으로 돌아가서 문을 열었다. 나는 할머니가 완전히 제정신을 차릴 때까지 어깨를 잡고 세차게 흔들었다. 그러자 할머니가 힘없는 목소리로 말했다. 아이고, 얘야. 네가 들어오는 줄도 몰랐단다. 나는 30분 전에 집에 왔지만 할머니가 그사이 정신이 완전히 나간 상태였다고 대답했다. 때가 되면 성인들께서 너도 데려가실 거란다. 할머니가 내게 말했다. 말을 마치자마자 할머니가 다락에서 빠져나가 계단을 내려가고 있었다. 할머니는 몸무게가 50킬로그램도 나가지 않는데, 걸음을 옮길 때마다 계단이 무너지기라도 할 것처럼 삐걱거렸다. 여기 보이는 건 모두 속이 없는 껍데기뿐이다. 내가 계단을 내려갈 때는 아무 소리도 나지 않았다. 층계 또한 믿을 수 없다.

할머니는 부엌을 이리저리 분주하게 돌아다니고 있었다. 오후 2시가 다 되어갔지만 배는 전혀 고프지 않았다. 아니, 뭔가를 먹고 싶은 생각이 전혀 들지 않았다. 식욕부진이 병든 개처럼 내 배 속에 웅크리고 있었다. 할머니는 깊은 접시 두 개를 식탁 위에 가져다 두고 냄비를 가져왔다. 이 집에서는 항상 똑같은 음식만 먹기 때문에 무엇을 먹을지 물어볼 필요도 없다. 오래전부터 늘 그래왔기 때문에 나도 그러려니 한다. 하지만 여러분이 이상하게 여길까 봐 굳이 이야기하는 것이다. 할머니는 물이 든 냄비를 불 위에 올려놓고 그 안에 있는 대로 죄다 쏟아붓는다. 그래봐야 밭에서 딴 것, 산에 갔다가 우연히 찾은 것, 때때로 마을로 찾아오는 트럭에서 산 병아리 콩이나 강낭콩 한 줌을 넣는 것이 전부다. 처음 만드는 날에는 몇 시간 동안 계속 끓이고, 그다음부터는 매일 조금씩 졸인다. 그걸로 우리가 몇 끼를 때우는 동안, 할머니는 눈대중으로 필요한 재료 몇 가지와 물을 더 넣는다. 그리고 음식이 상할 기미가 보이면 냄비를 깨끗이 씻고 새로 준비한다. 엄마는 이 음식을 거들떠보지도 않았다고 했다. 하지만 앞서 말한 바와 같이 엄마는 옛날에 집을 나가버렸으니까 상관없다. 솔직히 나도 그다지 좋아하지는 않지만, 다른 음식을 만들고 싶지도 않고 그럴 재주도 없기 때문에 군말 없이 먹는다.

나는 평소처럼 그 요리에 빵을 몇 조각 넣고 국물이 배어들 때까지 기다렸다. 할머니는 포도주 한 병을 꺼내더니 잔 세 개에 따라 부었다. 하나는 내 것이고, 다른 하나는 할머니 것, 그리고 세 번째 잔은 성녀에게 바치는 것이었다. 어째 기운이 좀 없네요. 할머니는 그렇게 말하고 설거지통 옆 제단에 모셔둔 젬마 성녀*의 상 앞에 잔을 올렸다. 그러고는 내 옆에 앉아 버스에 사람이 많았는지 물었다. 나하고 푸줏간 아저씨밖에 없었어. 내가 대답했다. 그러자 할머니는 혹시 푸줏간 주인이 물리면 독이 퍼질 것처럼 더럽고 간사한 혓바닥을 놀리며 내게 무슨 말을 하지 않았는지 물었다. 그는 아무 말도 하지 않았다. 왜냐하면 이 마을 남자들은 죄다 간사할 뿐만 아니라 겁쟁이들이라서 네다섯 명이 모이지 않으면 면전에서 찍소리도 못하기 때문이다.

할머니는 자리에서 일어나 성녀의 잔이 넘치기 직전까지 포도주를 따라 부었다. 그러고는 성호를 그으며 말했다. 오늘 밤, 우리 젬마 성녀께서 그 얼간이에게 악몽을 꾸게 해주실지 두고 보자꾸나. 하지만 나는 성녀가 이 마을에 사는 가엾은 이들에게 일일이 신경을 쓸 수 없기 때문

* Santa Gema. 19세기경 이탈리아 카밀리아노에서 가난한 농부의 딸로 태어났다. 어린 나이에 부모를 잃고 예수 고난회 수녀가 되기를 바랐지만, 뇌척수막염 때문에 뜻을 이루지 못하였다. 극심한 고통과 시련 속에 낙담하지 않고 투철한 신앙생활을 하여 수많은 영적·초자연적 현상을 체험했다.

에 할머니의 기도를 들어주시지 못하리라는 것을 알고 있었다. 그 정도 일은 우리가 알아서 해결해야 한다. 나는 식사를 마치고 접시를 설거지통에 넣었다. 할머니는 부엌에서 나가 식당으로 가더니 긴 나무 의자 위에 드러누워 묵주기도를 드리기 시작했다. 할머니는 죽은 이들을 위해, 성인들을 위해, 그리고 마지막으로 산맥 꼭대기에서 이 마을을 지켜주는 몬테의 성모마리아*를 위해 성모송을 세 번 바쳤다.

나는 앞마당으로 나가 현관문 옆 석조 벤치에 앉았다. 원래 이 시간쯤이면 마을은 항상 텅 비어 있지만, 어쨌든 이웃들은 할머니에게 특별히 부탁할 일이 없으면 우리 집에 오지 않았다. 올리브 숲이나 밭에 가기 위해 어쩔 수 없이 우리 집 앞을 지나갈 때면, 그들은 마치 가스 밸브를 열어둔 것이 불현듯 생각난 것처럼 갑자기 걸음을 재촉한다. 몇몇 이웃들은 잠시 걸음을 멈추고 우리 집 마당으로 이어지는 문에 침을 뱉고 가기도 한다. 가래침은 햇볕에 마르면 문에 달라붙은 채 하얀 얼룩을 남긴다. 어느 날 밤에는 누군가가 우리 집 포도나무 덩굴에 표백제를 붓기도

* 스페인 중부 카스티야 라만차 지역의 시우다드레알에 위치한 볼라뇨스 데 칼라트라바 마을에 있는 성모마리아상.

했다. 그 바람에 잎사귀들이 모두 떨어졌지만, 나뭇가지들은 여전히 정면 벽에 붙어 있다. 할머니는 그것들을 절대 뽑지 않겠다고 했다. 다들 보라고 일부러 남겨둔 거야. 할머니가 말했다. 그러고는 한 나뭇가지에 성녀 아가타* 의 그림 카드를 걸어놓았다. 수난 속에서 잘린 가슴을 담은 쟁반과 원광(圓光)은 모두 금색으로 빛나고 있었다. 그런데 어느 날 까치 한 마리가 그 그림을 물고 날아가버렸다. 우리는 그 까치에게 주려고 더 반짝거리는 물건을 나뭇가지에 걸어두었다. 하지만 까치는 끝내 돌아오지 않았다. 어쩌면 녀석은 오로지 성녀에게만 관심이 있었던 것인지도 모른다. 나는 까치의 마음을 완벽히 이해할 수 있었다.

누군가가 부르는 소리에 나는 다시 안으로 들어갔다. 그 사이 집 안은 무거운 분위기에 휩싸인 채 숨을 죽이고 있었다. 식당으로 가보니, 할머니는 손에 묵주를 든 채 입을

---

* Santa Águeda. 로마제국의 기독교 박해기에 순교한 네 동정녀 중 한 사람으로 '카타니아의 아가타'라고도 부른다. 당시 집정관이던 퀸티아누스가 그녀에게 흑심을 품고 배교를 강요했지만 끝내 거부했다. 결국 형리들은 시뻘겋게 달군 쇠 집게로 그녀의 양 가슴을 떼어내고 감옥에 가두어버렸다. 그날 밤, 눈부신 원광과 함께 천사와 사도 베드로가 그녀 앞에 나타났다. 아가타가 상처 난 자신의 가슴을 보이자 베드로는 예수그리스도의 이름으로 그녀의 상처를 치유했다고 전해진다.

벌리고 나무 의자에서 자고 있었다. 그때 그 목소리가 다시 한번 들렸다. 이번에는 위층에서였다. 나는 계단을 뛰어올라갔지만, 옷장 문이 닫히는 것만 볼 수 있을 뿐이었다. 나는 함정에 빠지지 않으리라 다짐했다. 그래서 옷장 문을 의자로 막고 방에서 나가려 돌아섰는데, 복도에 닿기도 전에 쿵쿵거리는 소리가 나기 시작했다. 처음에는 희미하게 들렸지만, 갈수록 더 커졌다. 그들은 옷장 안에서 점점 더 큰 소리로 외쳤다. 그러고는 문을 긁고 옷장을 흔들어대기 시작하더니 이윽고 문이 쪼개지기 시작했다. 나무로 된 문은 당장이라도 부서질 듯했다. 옷장 안에서 갑자기 어린아이의 울음소리가 났다. 그 소리라면 수백 번도 더 들어봤기 때문에 금방 알아차릴 수 있었다. 나는 옷장으로 천천히 다가갔다. 바로 그 순간, 의자가 바닥으로 쓰러지면서 옷장 문이 벌컥 열렸다. 집 전체가 기다렸다는 듯 이 방을 중심으로 쪼그라들고 있었다.

얘야, 그 문을 닫는 게 낫겠구나. 등 뒤에서 할머니가 말했다. 나는 할머니의 목소리를 듣고 깜짝 놀랐다. 할머니가 방에 들어오는 소리는커녕, 계단을 올라오는 소리도 못 들었기 때문이었다. 옷장에서 나는 소리를 들을 때마다 늘 같은 현상이 나타난다. 그 소리를 들으면 마치 바보가 되거나 귀머거리가 된 것처럼, 혹은 바보 귀머거리가 된 것처럼 망연해져서 아무 생각도 할 수 없게 된다. 할머니는 옷장으로 다가가 넘어진 의자를 치우더니, 늘 몸에 지니고 다니는 열쇠를 꺼내 문을 잠가버렸다. 하지만 벽이 점점 다가오고 천장도 내려오면서 집은 우리를 향해 달려들고 있었다. 집이 우리를 지켜주려고 그런 것인지, 아니면 우리를 압사시키려고 그런 것인지 나로서는 알 도리가 없다. 하지만 우리를 둘러싼 이 네 개의 벽 안에서는 어느 쪽이든 비슷비슷하다는 점을 고려하면 둘 다였을지도 모르겠다.

그때 마당으로 이어지는 흙길에서 자동차가 멈춰 서는 소리가 들렸다. 나는 창가로 다가가 커튼을 젖히고 밖을 내다보았다. 그 순간, 무언가 밝은 빛이 번쩍이면서 눈이 부셨다. 잠시 후 자세히 보니 우리 집을 향하는 카메라 렌즈가 햇빛에 반사되어 반짝이고 있었다. 누군가 그들에게 내가 돌아왔다고 알려준 것이 분명했다. 그 사건이 있고 난 후, 기자들이 마을로 몰려와 주민들을 붙잡고 이것저것 물어보기 시작했다. 이웃 사람들은 혹시라도 텔레비전에 자기 얼굴이 나올지 모른다는 생각에 거리로 달려 나가 기자들에게 온갖 험담을 늘어놓았다. 물론 그들은 바라던 대로 텔레비전에 나왔다. 험담을 더 많이 할수록, 없는 이야기를 더 많이 지어낼수록 텔레비전에 더 많이 나올 수 있었다. 아침 프로그램에서 나온 기자들이 생방송으로 주민들을 인터뷰했을 때, 그들은 내가 학교에 거의 가지 않았고 누구와도 말을 하지 않았다고 목소리를 높였다. 더군다나 내가 남자 친구를 사귄 적도 없으며 자꾸 여자아이들을 기웃거린다고 했다. 아, 이런 일에 끼어들고 싶지는 않지만요, 그 아이가 내 손녀딸을 자꾸 야릇한 눈빛으로 바라보더라고요. 글쎄요. 난 잘 모르겠지만 그 아이가 남자랑 같이 있는 것을 한 번도 본 적이 없어요. 위선자들은 저마다 내키는 대로 지껄였다. 그들의 이빨 사이에는 증오심이 음식 찌꺼기와 함께 껴 있었다. 이미 말한 바와 같이, 이 마을에는 거짓말쟁이들과 간사한 자들밖에 없다. 그들은 모두 고용주, 과르디아 시빌*, 기자들에게 무슨 일이든 고자질하려고 안달이 나 있는 자들이다. 칭찬이라도 받을까 싶으면 무엇이든 가리지 않고 험담하거나 일러바치러 간다.

또한 마을 주민들은 할머니에 대한 험담도 늘어놓았다. 그들은 할머니가 궤짝 안에서 잠을 자며, 포도나무 아래에서 벌거벗고 씻는 데다 혼잣말로 중얼거리는 소리를 들었다고 했다. 날이 갈수록 언론과의 인터뷰는 길어졌고, 주

* 스페인의 국가 헌병대로, 군 조직이면서 평상시에는 각 지역의 치안을 주로 담당한다. 프랑스의 장다르므리(Gendarmerie)나 이탈리아의 카라비니에리(Carabinieri)와 유사하다.

민들도 점점 말이 많아졌다. 그들은 모두 텔레비전에 나오기만을 원했으며, 없는 이야기를 더 많이 지어낼수록 더 많이 출연할 수 있다는 걸 깨달았다. 간절한 열망이 그들의 목구멍까지 차오르고 혀에 엉겨 붙었다. 그러자 몇 년 동안 가슴속에 꼭꼭 담아두었던, 혹은 방금 부글부글 끓어오르기 시작한—결과는 매한가지였기 때문에 어느 쪽이든 상관없다—분노가, 갈수록 더 극심한 분노가 그들의 입에서 거침없이 튀어나왔다. 그들은 할머니가 유골을 꺼내기 위해 무덤을 파내고, 집에 아무도 없을 때 죽은 이들의 영혼과 이야기를 나누는 것을 보았다고 했다. 주민들은 쉴 새 없이 떠들어댔다. 그들의 험담과 거짓말은 텔레비전 프로그램에서 진지하게 다루어졌을 뿐 아니라, 소셜 네트워크를 통해 빠르게 퍼져나갔다. 결국 세상 사람들은 우리에 관해 모든 걸 다 아는 것처럼 굴었다. 대부분의 사람들은 우리를 혐오했다. 그리고 증오했다. 카메라 앞에서 우리에 관해 떠들어대는 동안, 그들의 입천장에 눌어붙어 있던 격렬한 증오심이 터진 입으로 쏟아져 나왔다. 우리를 가엾게 여기던 몇몇 사람들은 할머니와 내가 둘 다 아프기 때문에 사회복지 센터에 연락해서 우선 할머니라도 보살펴주어야 한다고 주장했다. 그리고 나에 관해서는 정신이 조금 나갔거나 약간의 지적 장애가 있는 것 같다고 했다.

어느 경우든 정상은 아니라는 것이 그들의 판단이었다. 그들이 나를 미쳤다고 하든 바보천치라고 하든 아무 상관 없다. 그렇지만 저들이 나를 불쌍하게 여기는 것만큼은 절대 용납할 수 없다. 내가 그 몹쓸 인간들에게 동정이나 받으려고 여태껏 이렇게 살아온 건 아니니까.

할머니는 내가 다시 기자들을 찾아갈지도 모른다는 생각에 나를 창가에서 끌어냈다. 나는 불안감에 사로잡히지 않기 위해 생각을 떨쳐버리려고 애를 썼다. 하지만 생각을 멈추려 하는 순간에도 불안감은 내 머릿속에서 계속 딸깍딸깍딸깍딸깍거리다가, 밤이 되어 침대—전에는 엄마 것이었고, 그 전에는 할머니 것이었으며, 그보다 더 전에는 얼굴도 모르는 이의 것이던—에 누우면 다시 고개를 쳐들고 나타나리라는 것을 알고 있었다. 할머니, 나 어린아이의 울음소리를 들었어. 화제를 좀 바꾸고 싶기도 했고, 지난 몇 주 동안 집 안에 갇혀 지내느라 말을 거의 하지 않아 답답하던 차에 아무 말이나 좀 하고 싶어진 내가 할머니에게 말했다. 네가 여기 돌아온 뒤로 집이 안절부절못하는구나. 할머니가 대답했다. 하지만 할머니는 꼭 할 말이 아니면 절대 말을 안 하려고 하는 편이라, 이내 입을 굳게 다물었다. 내가 못마땅한 표정을 짓자, 이를 눈치챈 할머니는 방을 나가기 전에 힐끗 뒤를 돌아보았다. 너도 알겠지만 이 집을 진정시키려면 두 가지 방법밖에 없어. 할머니가 말했다. 성인들에게 기도를 드리거나, 그래도 안 되면 이 집이 원하는 대로 해주는 수밖에 없단다.

할머니는 무거운 발걸음으로 계단을 내려갔다. 나는 또다시 옷장과 단둘이 남게 되었다. 나는 그것이 불안하고 몹시 굶주렸다는 것을 알아차릴 수 있었다. 우리 안에 갇힌 개처럼, 마구간에 묶인 말처럼 배가 고픈 것 같았다. 할머니를 따라가려고 옷장 앞을 지나치는 순간, 나무문이 삐거덕거리는 소리를 냈다. 못된 녀석이 내가 옷장 문을 열도록 도발하는 모양인데, 그 정도의 꼼수는 나한테 통하지 않는다.

부엌에 내려가보니, 할머니는 성인들에게 전구(轉求)*하기 위해 아궁이에 불을 피워둔 상태였다. 그러고는 불이 꺼지지 않게 낡은 종이를 마른 풀과 소나무 가지와 함께 넣고 불을 지폈다. 불이 너무 거세지지 않도록 모두 잘게 잘라서 집어넣었다. 할머니는 불길을 바라보며 무언가를 속삭였다. 기도문은 내 귀에 들리지 않을 만큼 나직하게 할머니의 이 사이로 새어 나왔다. 하지만 나는 할머니가 산꼭대기에

* 가톨릭교회에서 성모마리아를 위시한 여러 성인들이나 천사들을 통해 하느님에게 간접적으로 전하는 기도.

서 아버지에 의해 참수당한 성녀 바르바라*와 끓는 물속에 들어간 성녀 체칠리아**, 강간 위기 속에서 살해된 성녀 마리아 고레티***, 그리고 포악한 남자들의 손에 돌아가신 모든 성녀들에게 전구하고 있다는 것을 알고 있었다.

무아지경에서 깨어나자 할머니는 내게 그림 카드 한 장을 건넸다. 이걸 밖에 있는 저 기자한테 주고 오너라. 할머니가 말했다. 그러고는 불씨를 뒤적이면서 불이 고이 잠들도록 노래를 불렀다. 그건 금빛 갑옷을 입은 대천사 가브리엘이 날개를 활짝 펼치고 한 손에 칼을, 다른 손에 천칭을 들고 있는 그림이었다. 나는 그 그림이 죽음 없이는 정의도 없고, 속죄 없이는 죽음도 없다는 것을 나타낸다고 생각했기 때문에 특히 좋아했다. 반면 그 그림에서 마음에 들지 않았던 것은 대천사의 생김새가 사마귀나 나방, 메뚜기 같지 않고 너무 아름다웠다는 점이다. 그건 그 그림을 그린 사람이 실제로 천사를 본 적이 없다는 것을

---

* Santa Bárbara. 가톨릭교회의 14성인 중 하나로, 그리스 니코메디아의 왕 디오스코루스의 딸이었지만 기독교로 개종하자 이에 분노한 아버지에 의해 참수당했다.

** Santa Cecilia. 로마시대에 순교한 네 동정녀 중 한 사람으로, 끓는 물속에 들어가는 형을 언도받았으나 멀쩡히 살아나 결국 참수형에 처해졌다.

*** Santa María Goretti. 강간 위기에 끝까지 저항하다 여러 번 칼에 찔려 순교했다.

의미했다. 이 세상의 모든 화가들은 협잡꾼들이었고, 나는 그들이 꾸며내는 거짓말에 진절머리가 났다.

카메라에 찍히기 싫단 말이야. 내가 투덜거렸지만, 알머니는 늘 그러하듯 들은 체도 하지 않았다. 나는 복도를 가로질러 현관문을 열었다. 그 순간 갑자기 집이 부르르 떨렸다. 기뻐하는 건지 불쾌해하는 건지 모르겠지만 여기서는 어느 쪽이든 차이가 없었다. 기자들은 내 눈에 모두 비슷비슷해 보였기 때문에 할머니가 말한 자가 누구인지 알기 어려웠다. 똑같은 수염, 똑같은 헤어스타일, 끊임없이 나를 비난하며 쉬지 않고 내게 욕을 퍼부어대는 목소리. 하나같이 꼭 빼닮은 그들을 보자 울컥 짜증이 치밀어 올랐다.

나는 마당을 지나 쇠창살 문을 열었다. 할머니가 드리는 거예요. 나는 한 기자에게 그림 카드를 건네며 말했다. 그는 어찌할 바를 몰라 멍청한 표정으로 나를 바라보기만 했다. 우리에 관해 이미 수많은 이야기를 들은 터라 겁을 집어먹고 있는 듯했다. 하지만 나로서는 까닭 없이 우리를 불쌍하게 여기는 것보다 두려워하는 편이 훨씬 더 낫기 때문에 기분이 그리 나쁘지는 않았다. 그런데 옆에 있던 동료는 그래도 눈치가 있는지 내가 집 밖으로 나오자마자 카메라를 켰다. 잠시 후, 넋 나간 사람처럼 멍청한 얼굴을 하고 있던 기자는 그제야 정신을 차리고 그림 카드를 받더니 쇠창살 문을 다시 닫지 못하도록 꽉 붙잡았다. 그는 내게 뭔가를 말하고 있었지만, 그동안 나는 문을 닫으려고 안간힘을 쓰며 문을 꽉 쥐고 있는 그의 손을 조금만 더 오른쪽으로 움직이면 손가락을 으스러뜨릴 수도 있다는 생각에 빠져 그가 무슨 말을 하는지 전혀 듣지 못했다. 내가 빤히 노려보자 그는 갑자기 문이 뜨거워지기라도 한 것처럼 화들짝 놀라며 손을 확 뗐다. 무언가 수상한 낌새를 알아차린 것이 분명했다.

내가 다시 집 안으로 들어가자 방에서 할머니의 기척이 들렸다. 소리로 봐서는 가마솥*을 옮기는 중인 것 같았다. 너무 오랫동안 사용하지 않아서 반쯤 삭았지만, 우리는 그 솥을 끝내 고철상에게 팔지 않았다. 혹시 돼지의 몸뚱이를 비스듬히 욱여넣을 솥이 언제 필요해질지도 모르니까 말이다. 게다가 길을 잃고 두려움에 떨며 찾아오는 죽은 이들이 할머니의 눈을 피해 숨는 곳도 바로 그 솥이다. 그래서 할머니는 그 가마솥들을 처분하면 그들이 몸을 숨길 곳이 없어질까 봐 함부로 손을 대지 못하고 있다. 그들은 산속을 헤매며 돌아다니다 온몸에 진흙과 기름때와 피를 잔

* 원문의 '마탄사(matanza)'는 돼지를 잡아 비곗살을 절이고 등과 내장을 이용하여 순대 등을 만드는 데 사용하는 스페인 전통 솥을 가리키지만, 여기서는 가마솥으로 옮기기로 한다.

뜩 묻힌 채 두려움에 와들와들 떨며 이 집에 도착한다. 그들이 대체 무엇을 보았고, 얼마나 많은 무덤을 손으로 파헤쳐야 했는지 아무도 알 턱이 없지만, 할머니로서는 끔찍한 고통과 슬픔이 사라질 때까지 그들이 몸을 숨길 가마솥 하나 없다는 생각만 해도 가슴이 미어지는 모양이다.

나는 고양이들에게 먹이를 주기 위해 뒷마당으로 나갔다. 여름이 되면 고양이들은 실내에서 어슬렁대는 대신, 텃밭의 무화과나무를 타고 올라가거나 시원한 공기를 쐬러 계곡을 따라 내려가기를 더 좋아했다. 하지만 녀석들은 우리가 잘 지내는지 확인할 겸, 또 배를 채우기 위해 하루도 빠짐없이 집에 들렀다. 그럴 때마다 우리는 고양이들에게, 먹이가 충분하고 앞으로도 부족하지 않을 테니까 가엾은 새들과 도마뱀들을 가만히 내버려두라고 말하곤 했다. 몇몇 고양이들은 내게 다가와 큰 소리로 야옹거렸고, 어떤 녀석들은 머리를 쓰다듬어달라고 조르기도 했다. 나는 밥그릇에 먹이를 듬뿍 담아주고 어두운 밤이 될 때까지 녀석들과 빈둥거리곤 했다. 어쨌든 이 집에서는 속을 새까맣게 태우는 것 말고 특별히 할 일도 없다는 사실을 진즉에 깨달았기 때문이었다.

할머니는 부엌에 밥상을 차려놓았다. 식탁보 위에는 접시 세 개, 잔 세 개, 그리고 빵 세 조각이 놓여 있었다. 네 엄마가 왠지 불안해 보여서 접시를 하나 더 갖다 놓은 거란다. 할머니가 말했다. 엄마에 대한 기억이 전혀 없는 내게 할머니는 가슴속에 슬픔이나 분노—이 집에서 이 둘은 매한가지다—의 응어리가 맺힐 때마다 비스킷 상자에 보관해둔 사진을 꺼내 수백 번도 넘게 보여주었다. 하지만 할머니가 내게 그 사진들을 보여줄 때마다 나는 애정이나 고마움은커녕, 그 어떤 감정도 느끼지 못한다. 나이로만 따져도 사진 속에 나오는 십대 소녀보다 지금 내가 두 배는 더 많아서, 그 소녀가 장차 내 엄마가 될 거라는 생각이 전혀 들지 않기 때문이다. 물론 울분이 약간 차오르기는 한다. 하지만 그건 할머니한테서 물려받은 성질머리 때문이기도 하거니와, 그 어린 소녀가 옷도 제대로 입지 않고 돈 한 푼 없이, 더구나 본인이 가고 싶어 한 게 아닌데도 억지로 끌려갔다는 게 너무 화가 나기 때문이다. 알려진 것이라고는 차에 탄 뒤로 아무도 그녀를 다시 보지 못했다는 사실뿐이다.

나는 할머니와 저녁 식사를 마치고 설거지를 한 다음, 성자 근처에는 위험한 물건을 두면 절대 안 되기 때문에 성녀들 앞에 켜둔 촛불을 끄고 방으로 올라갔다. 벌써 할머니는 지친 개처럼 코를 드르렁 골며 자고 있었다. 방바닥에 내 옷가지가 여기저기 널브러져 있었다. 나는 침대 아래로 배죽이 삐져나온 것만 빼고 모두 집어 들었다. 누구든 처음 함정에 빠졌을 땐 그 사람의 잘못이 아니지만 같은 함정에 네 번, 다섯 번 계속 빠지면 책임을 면할 수 없다. 이 사실을 깨닫기까지 꽤나 고생했으나 이제는 쉽게 넘어가지 않는다. 나는 곧장 잠이 들었고, 대문을 두드리는 소리에 깨어났다. 해는 이미 밝아왔지만, 누가 찾아오기에는 너무 이른 시간이었다. 나는 자리에서 일어나 계단을 내려갔다. 사람들에게 겁을 주려고 할 때면 늘 그랬던 것처럼 할머니는 머리를 풀어 헤치고 문지방에 서 있었다.

할머니가 옆으로 비켜서자 그 남자가 안으로 들어왔지만, 조심스럽게 몇 걸음만 옮겼다. 남자는 계단 아래에 서 있는 나를 보자 얼른 시선을 돌렸다. 나는 그의 얼굴에 두려움이 서려 있다는 것을 알아차렸다. 하지만 그 남자의 마음속에는 단지 두려움뿐 아니라 오만과 경멸도 깊게 자리하고 있다는 걸 알았기 때문에 전혀 안쓰럽지 않았다. 아직 새벽이라 그렇게 덥지도 않은데 남자의 이마와 겨드랑이가 땀으로 축축하게 젖어 있었다. 그는 아픈 사람처럼 입술이 바짝 말라붙은 데다 보랏빛을 띠고 있었지만, 정말 어디가 아파서 그런 것은 아니었다. 나는 그가 아프기는커녕 우리를 볼 때마다 목구멍까지 치밀어 오르는 수치심과 혐오감, 그리고 두려움이 뒤엉키면서 저런 몰골로 보이는 것뿐이라는 것을 알고 있었다. 무슨 일이지? 할머니는 경멸의 빛이 역력한 어조로 말했다. 그러자 그는 시선을 내리깔면서 미안하다는 투로 답했다. 하지만 그때 할머니가 조금만 더 밀어붙였더라면 그의 마음속에 웅크리고 있던 오만함마저 다 사라지고 말았을 것이다. 에밀리아가 보내서 온 거예요 당신한테 가서 우리 아이가 어떻게 되는지 알아봐달라고요 그 아이가 이번 토요일에 검사를 받을 거라서 말이죠, 그가 말했다. 기자들이 아직도 진을 치고 있을 것 같아서 여기 올지 말지 얼마나 망설였는지 몰라요. 그런데 마을 사람들 말로는 기자들이 어젯밤 호텔로 가는 길모퉁이를 따라 떠났다고 하더라고요. 차는 폐차하려는 생각인지 그냥 내팽개쳐놓고요. 그는 쉴 새 없이 말을 쏟아냈다. 에밀리아가 그러는데 당신하고는 이미 이야기를 마쳤으니까 대답만 듣고 오면 된다고 하더군요.

나는 남자의 곁으로 가까이 다가갔다. 그는 애써 숨기려고 했던 두려움과 불쾌감이 솟아올라 온몸을 바르르 떨었다. 왜 우리 할머니가 아저씨를 도와주겠어요? 나는 그에게 얼굴을 가까이 대고 물었다. 아이를 위해서지. 그가 말했다. 그러고는 손에 끈적끈적하게 밴 땀을 바지에 쓱쓱 문질러 닦았다. 나는 기자들에게 아무 말도 하지 않았어. 그가 계속 말했다. 많은 이들이 없는 말을 지어내거나 뜬소문을 퍼뜨리고 다녔지. 하지만 에밀리아와 나는 절대 그럴 리 없다고 말했어. 기자들이 하루도 빠지지 않고 찾아와 네가 어렸을 때 어땠는지, 그리고 네 엄마가 언제 사라졌는지 우리한테 묻곤 했단다. 기자들이 그렇게 온 동네를 들쑤시고 다니다 보니 텔레비전에 나오려고 입에 침도 안 바르고 거짓말을 꾸며내는 이들도 있더구나. 하지만 나는 절대 그럴 리 없다고 대답했단다.

내가 자네 아이한테 해줄 수 있는 건 하나도 없네. 물론 자네에게 줄 건 있지만 말이야. 할머니가 그의 말을 끊었다. 할머니는 항간에 떠도는 온갖 헛소리와 거짓말에 이미 지칠 대로 지친 상태였다. 할머니는 문턱에 우리 둘만 남겨둔 채 부엌으로 갔다. 그러자 남자는 고개를 들어 내 눈을 똑바로 바라보았다. 그의 얼굴에 잠시 거만한 표정이 스치고 지나갔지만, 아직 본색을 드러내지 않으려고 하는 기색이 역력했다. 그의 겨드랑이에서 나는 땀 냄새가 집 안의 답답한 분위기와 뒤섞였다. 부엌에서 나온 할머니는 그에게 사진 한 장을 건넸다. 어젯밤에 그분들이 자네에게 전하는 거라며 내게 주시더군. 할머니가 그에게 말했다. 그분들은 자네를 기다리고 있다고 나더러 알려주라고 하셨네. 사진을 받아 든 남자는 어리둥절한 표정으로 할머니를 바라보았다. 사진 속에는 마을의 다른 남자들과 함께 있는 우리 엄마의 모습이 보였다. 남자도 사진 속에 있었다. 물론 세월이 흘러 이중 턱이 생겼지만, 멍청한 얼굴은 예나 지금이나 여전했다. 무슨 말인지 당최 모르겠군요. 그는 사진을 돌려주면서 거만하게 말했다. 그게 뭔 소린가? 자네만큼 잘 아는 사람이 어디 있다고. 할머니가 대꾸했다. 그러자 남자의 마음속에 남아 있던 오만함이 다 사라져버렸는지 마치 행렬에서 거대한 예수그리스도상을 지고 가는 이처럼 손을 바르르 떨었다. 그는 밖으로 나가려고 뒤돌아서다 나와 부딪치고 말았다. 그의 안색은 보랏빛으로 변해 하얗게 질린 채였고, 셔츠 깃이 땀으로 흠뻑 젖어 있었다.

그 순간 그가 나가지 못하도록 현관문이 쾅 닫혔다. 그러곤 갑자기 후텁지근한 돌풍이 우리를 휘감았다. 부엌 찬장에서는 유리잔과 접시들이 요란한 소리를 내며 서로 부딪치기 시작했다. 위층에서는 가구 끄는 소리와 서랍 여닫히는 소리가 들려왔다. 집 전체가 우리처럼 분노에 휩싸여, 타일과 벽돌 하나하나에서 분노를 뚜렷하게 드러내고 있었다. 남자는 현관문 옆에서 얼어붙은 듯 움쩍도 하지 않았다. 땀을 비 오듯 흘리면서 부들부들 떨고 있었지만, 가위에 눌린 것처럼 꼼짝도 하지 않았다. 그는 추운지 입술을 바들바들 떨었다. 하지만 그 시간에 해는 이미 무심하게 지고 있었고 거리에서 불처럼 뜨거운 공기가 안으로 꾸역꾸역 밀려들었다.

할머니가 내 팔에 손을 얹자 지난 몇 달 동안 일어난 일이 모두 머리에 떠올랐다. 체포 신문 어머니의 눈물 기자회견 남자아이 남자아이 남자아이. 나는 말했다. 문을 열어두었더니 그 아이가 혼자 나가버렸어 나는 말했다 쓰레기를 내다 버리려고 나갔는데 깜박하고 문을 닫지 않았어 나는 말했다 난 열두 시간 넘게 일했다고 나는 말했다. 잠깐 방심하긴 했지만, 정신을 차리고 보니 이미 그 아이가 사라지고 없더라니까. 그러고 나자 모든 것이 다시 선명하게 떠올랐다. 혼자 밖으로 나온 아이를 녹화한 보안 카메라 한 가족 내에서 실종 사건이 두 번이나 발생한다는 것은 절대 우연이라고 볼 수 없다는 전문가들 내가 공부를 전혀 하지 않았기 때문에 조금 저능하고 조금 모자라고, 아니면 적어도 조금 게으르다고 말하는 이웃들 게다가 하라보 부부가 결혼하기까지 집안일을 도운 할머니에게 보답하기 위해 일거리를 주기 전에는 내가 아무 일도 하지 않았다고 말하는 동네 사람들.

이제 차츰 제정신으로 돌아오고 있었다. 마음이 불안하고 초조해져서 계속할 수 있을지 모르겠지만, 기왕 시작한 일이니 끝까지 해볼 생각이다. 할머니가 말했다. 이제 뭘 해야 하는지 알겠지? 그리고 나는 그렇게 했다. 나는 마치 유령이라도 본 것처럼 꼼짝 않고 있는 남자의 팔을 붙잡았다. 어쩌면 그는 정말로 유령을, 아니 그보다 더 무시무시한 것을 보았는지 모른다. 이 세상에는 죽은 자들이 나타나는 것보다 더 무시무시한 일들이 많이 있으니까 말이다. 위층에서 쿵쿵거리는 소리가 점점 더 커지고 있었지만, 내가 계단에 발을 딛는 순간 갑자기 조용해졌다. 나는 그 남자를 끌고 계단을 올라가 방으로 들어갔다. 그 순간 침대 시트 자락이 가볍게 흔들리며 부츠 굽이 그 아래로 사라졌다. 옷장 문은 여전히 열려 있었다. 그 안에서 골짜기나 저수지의 안개처럼 싸늘하면서도 축축한 공기가 흘러나왔다. 남자는 내 귀에 들리지 않는 웅얼거림에 홀린 듯 옷장을 향해 걸어가기 시작했는데, 나는 그곳에 무언가가 있다는 걸 알아차렸다. 매미의 울음소리가 뼛속 깊은 곳까지 울리는 것 같을 때, 곧 정전이 일어나거나 폭풍우가 몰려오리라는 것을 예감하듯이 사태를 직감할 수 있었기 때문이다. 어둠의 그림자들이 그를 삼키자 나는 문을 닫아버렸다.

2

그 후로 한동안 집은 잠잠했다. 문이 쾅 닫히는 소리, 가구 끄는 소리, 삐걱거리는 소리는 더 이상 들리지 않았다. 뒷마당의 풀과 잡초들이 다시 무성하게 자라기 시작했고 가시덤불이 침실 창문까지 올라왔다. 그러자 죽은 이들은 조용해졌고, 더 이상 침대 밑에서 웅얼웅얼거리지도, 찬장에서 흐느껴 울지도 않았다. 며칠 동안 어둠의 그림자들은 털끝도 보이지 않았다. 그러던 어느 날, 갑자기 침대 아래에서 손이 불쑥 튀어나왔다. 그것이 내 발목을 잡으려고 했지만, 구두 굽으로 있는 힘을 다해 밟아버렸다. 이렇게 해서라도 따끔한 맛을 보여줘야지, 귀찮다고 내팽개쳐두면 그것들도 우리를 무시하게 된다. 그러면 결국 그것들을 치맛자락에 매단 채 온 집에 끌고 다니게 될 것이다.

내 손녀도 한 번쯤 세게 짓밟아버리든지, 아니면 귀싸

대기라도 올려붙였어야 했다. 그 아이의 마음속에 도사리고 있는 것이 뿌리를 뻗어 내장을 옭아매기 전에 그것을 뽑아냈어야 했다. 천국의 성인들과 연옥의 영혼들은 내가 그렇게까지 하려고 했다는 것을 잘 알고 있다. 나는 맨발로 성모마리아를 모신 예배당까지 걸어 올라가 구일기도를 올렸다. 손녀는 가지 말라고 나를 붙잡고 울었다. 하지만 그 아이가 하라보 부부 집에서 일하기 시작한 날, 나는 이미 너무 늦었다는 사실을 깨달았다. 성인들이 내게 귀띔해주었지만, 애써 외면하려 해왔다. 그 아이는 내게 일언반구의 상의도 없이 그 일을 하겠다고 나섰다. 그때 나는 깨달았다. 나와 내 어머니가 그랬던 것처럼, 그것은 그 아이의 마음속에서 조용히 자라났던 것이다. 손녀를 구하기 위해 할 수 있는 일은 다 했지만, 이미 몸속에 파고든 것은 쉽사리 뽑아낼 수 없다. 이 집에 사는 우리는 그 사실을 너무나 잘 알고 있다.

과르디아 시빌에게 체포되어 신문을 받을 때도 그 아이는 여러분에게 했던 것과 똑같은 거짓말을 했다. 남자아이가 혼자 밖으로 나갔고, 그 후로 아무도 그 아이를 보지 못했다는 이야기 말이다. 그 말을 절대로 믿지 마시길. 하지만 그 아이가 능청스러운 표정을 짓고 거짓을 말하면, 바보들은 아무런 의심 없이 그 말을 믿어버린다. 그러니

부디 내 말을 들어주시길. 이미 말했듯이, 나는 그 아이의 마음속에 무엇이 있는지 잘 안다. 나는 사람들의 마음속에 무엇이 들었는지 잘 안다. 나는 그것이 무엇인지 알고 있다. 내가 모르는 게 있다면 성인들이 나를 데려가 친히 알려주시니까. 나는 사람들이 언제 거짓말을 하는지, 언제 그들이 해서는 안 되는 짓을 하고 싶어 하는지, 언제 그들이 자기 자식이나 형제까지 부러워하고 질투하는지, 잘 알고 있다. 나는 사람들의 속에 드리운 어둠의 그림자들을 볼 수 있다.

나는 이 집에 도사리는 어둠의 그림자들도 볼 수 있다. 그것들은 계단과 복도를 기어다니다 천장으로 기어 올라가는가 하면 문 뒤에 숨어서 밖을 엿보기도 한다. 이 집은 그런 것들로 바글바글하다. 우리가 지켜본 바에 의하면, 그중 일부는 마을과 산에서 왔지만 대부분은 이 집이 지어졌을 때부터 줄곧 여기에서 살았다. 그것들은 벽돌의 모르타르와 벽에 바른 석회에 뒤섞여 있다. 이 집의 터와 기와, 바닥과 대들보에도 있다. 온 세상이 굶주림과 먼지로 변하고 죽은 자들과 산 자들을 구별할 수 없던 3년의 전쟁*과 전후 40년 동안, 그것들은 이 집을 안전하게 지켜

* 1936년부터 1939년까지 계속된 스페인 내전을 가리킨다.

주었다. 승리를 거둔 자들은 악취를 풍기며 여기로 오지 않았다. 내 어머니를 조용히 내버려두었다. 세상 모든 일에는 대가가 있고, 어떤 경우라도 그 대가를 치러야 하는 법이다. 그것은 우리 가족이 잘 알고 있는 또 다른 사실이다. 조만간 모든 것의 대가를 치르게 될 것이다.

다행히 우리가 여기 사는 동안 산책*이나 하자고 새벽에 대문을 두드린 사람은 없었다. 하지만 이 집은 피난처가 아니라 올가미, 혹은 함정이었다. 누구든 여기서 절대 빠져나가지 못한다. 설령 어찌어찌해서 여기를 벗어난다고 해도 반드시 되돌아오기 마련이다. 이 집은 하나의 저주다. 아버지는 이 집으로 우리에게 저주를 내렸고, 그 안에 갇혀 살도록 만들었다. 우리는 그때부터 여기 살아왔을 뿐만 아니라, 우리가 썩어 문드러질 때까지, 아니 그 이후에도 계속 여기 머물게 될 것이다.

아버지가 땅을 샀을 때만 해도 이 주변은 허허벌판이었다. 마을에서 멀리 떨어진 곳인 데다, 농사짓기에도 적합하지 않아서 땅값이 많이 싼 편이었다. 게다가 가시덤불

---

* 스페인 내전 당시와 전후에 '산책(paseos)'은 야밤에 상대 진영의 인물을 찾아가 '산책'이나 하자고 꼬드겨 밖으로 끌어낸 다음, 벌판에서 총살하는 초법적 보복을 가리키는 은어였다. 이는 주로 개인적인 보복 차원에서 벌어졌다고 한다.

과 돌밖에 없는 불모지라 부근에 민가가 한 채도 없었다. 여기 있던 것이라고는 달리 갈 곳이 없는 이들, 그리고 매년 자식들을 땅에 묻어야만 했던 가난한 이들이 살기 위해 산속에 파놓은 땅굴뿐이었다. 당시 이곳에서 아이들이 열병으로 죽어가고 있다는 소문이 온 마을에 파다했는데, 정확한 사정을 아는 이는 아무도 없었다. 돈을 낼 경우에 한해 병자성사를 집전해주는 신부만 가끔 거기까지 찾아갔을 뿐, 의사는 코빼기도 비치지 않았다. 땅굴이 갑자기 무너져 내리는 바람에 잠을 자던 일가족이 모두 참변을 당하는 경우도 종종 있었다. 때로는 땅속에 스며든 빗물 탓에 지반이 약해지면서 흙더미가 내려앉았다. 한편 파지 말아야 할 곳에 굴을 파는 사람들로 인해 그런 참사가 일어나는 경우도 종종 있었다. 새로 태어난 아이를 위해 짚을 깔 공간을 마련하려고 절대 손대지 말아야 할 곳을 곡괭이로 건드렸던 것이다. 엄청난 굉음이 마을까지 울려 퍼졌지만, 이웃 주민들이 몰려왔을 때는 이미 너무 늦은 뒤였다. 산이 그들을 모두 집어삼켜버렸으니까. 대부분의 경우, 주민들은 토사에 파묻힌 시신을 꺼내려고 하지도 않았다. 시신을 수습하기가 워낙 위험하기도 했거니와, 살아남은 사촌이나 형제가 여섯 내지 일곱 번의 장례식 비용을 전부 대려는 경우는 만무했기 때문이었다. 간혹 잔해 속에서 다리나 팔 하나가 불쑥 튀어나오면 주민들은 곧장 그 위에 흙을 덮으며 영혼이 천국에 갈 수 있도록 주기도문을 암송하곤 했다. 하지만 천국에 가는 이는 아무도 없었다. 수많은 시신이 여전히 흙더미 속에 파묻혀 있다는 것을 주민들 모두 알고 있었기에, 처참하게 무너져 내린 땅굴들 앞에 누구 하나 얼씬거리지 않았다.

부디 성모마리아께서 나를 용서해주시기를 바랄 뿐이지만, 가끔 하느님이 존재하지 않는다는 생각이 든다. 만일 하느님이 존재한다면, 굶주림에 시달리면서도 평생 남을 위해 뼈 빠지게 일만 했던 저 가엾은 이들을 어떻게 천국으로 데려가지 않을 수 있단 말인가. 물론 이 눈으로 직접 보았기 때문에 성인들과 천사들이 존재한다는 것은 잘 알고 있다. 그리고 내 손녀에 대한 약속—그 약속은 애당초 지키기 불가능한 것이다—외에 나와 한 모든 약속을 지켜주셨기에 나는 성모마리아를 늘 공경하고 섬긴다. 하지만 그렇게 가여운 사람들에게 지옥을 겪게 하는 하느님이 어디 있단 말인가. 사람들로 미어터지는 땅굴 속에서 굶주린 배를 움켜쥐고 사는 것이 지옥이라면 말이다. 하기는 하느님이 죽은 그들을 이곳저곳으로 데려가지 않고 여기 남겨둔 것도 바로 그 때문인지도 모른다. 지옥이라면 이미 신물 날 정도로 겪었을 테니까. 더군다나 천국은 미사와 장례 비용을 댈 수 있는 대주교들이나 잘난 사람들로 바글바글할 텐데, 불쌍한 이들이 거기 가봐야 뭘 할 수 있겠는가. 그렇게 그들은 흙더미와 잔해에 뒤엉킨 채 있었는데, 얼마 후 그중 일부가 몰래 우리 집에 들어와 찬장에 숨어 지내기 시작했다. 나로서는 차마 그들을 몰아낼 수 없었다.

무너지는 소리가 온 마을을 깨우고 흙에 드러난 시신들의 숫자를 세기 위해 마을의 남자들이 몰려들었을 때조차 우리 아버지는 땅굴 근처에 일절 가지 않았다. 아버지는 땅굴 사람들을 죽을 만큼 혐오했다. 아버지는 그들에게서 빈대나 이가 옮을까 봐, 그리고 가난마저 옮을까 봐 두려워했다. 아버지는 가슴속에 증오심을 품고 그들을 경멸했다. 이처럼 아버지는 지독히도 그들을 증오했다.

오랜 세월이 흐른 뒤 땅굴은 더 이상 존재하지 않았다. 모두 수도로 떠난 터라, 가난한 이들도 이제는 땅속이 아닌 하늘 아래 판잣집에서 살게 되었기 때문이었다. 그 무렵 나는 아버지도 그 땅굴에서 자라났다는 사실을 알게 되었다. 많은 어머니들이 남몰래 자기 자식들을 증오하는 것과 같은 이유였으리라. 여기 이 집에서 우리가 서로에 대한 적개심을 품고 살아온 것도 따지고 보면 우리 자신을 떠올리게 하는 것이면 무엇이든 죽도록 싫기 때문이리

라. 아버지는 땅굴 사람들을 볼 때마다, 남의 옷을 빨아주느라 동상으로 늘 손이 퉁퉁 부어 있던 자신의 어머니와 배고픔을 이기지 못해 밭에서 훔친 날콩을 먹다가 장출혈로 목숨을 잃은 아버지의 모습을 떠올리곤 했다. 내 아버지는 다행히 자신을 견습생으로 받아준 양털 깎는 이들의 무리 덕분에 땅굴을 빠져나올 수 있었다. 그때 아버지는 다시는 땅굴로 돌아가지 않으리라 속으로 굳게 다짐했다. 그 다짐대로 그는 끝내 거기로 돌아가지 않았다. 심지어는 2년 후 자기 어머니의 장례식에도 가지 않았다. 그는 언제나 자신의 증오심에 충실하게 살았다.

아버지는 양털 깎는 무리와 함께 반도 전체를 돌아다녔다. 양털 깎는 계절이 오면 그들은 안달루시아 지역에서 시작해 프랑스에서 일을 마쳤다. 땅굴 사람들의 삶에 비하면 그다지 험난한 일은 아니었다. 그 무렵 땅굴에 살던 꼬마 아이들은 운이 좋으면 이곳저곳 찾아다니며 날품을 팔았고, 그런 기회마저 얻지 못하면 강으로 내려가 쥐를 잡았다. 아버지는 그렇게 사는 게 싫었다. 그는 양 우리의 냄새에 찌든 채 몸에 붙은 진드기를 잡아 죽이면서 살고 싶지 않았다. 하지만 새로운 생활도 원래 살던 땅굴 집보다는 나았지만, 성에 차지 않았다. 그가 원한 것은 깨끗한 셔츠와 광이 나는 구두, 잘 다려 칼날 같은 주름을 잡은 바지였다. 아버지는 바보가 아니었다. 그는 자기가 부잣집 도련님이 될 수 없다는 것을 너무나 잘 알고 있었지만, 남의 밑에서 일하고 싶지 않는다는 것도 잘 알고 있었다. 그는 남의 양들을 데려다 털을 깎거나 부자들의 땅을 갈기도, 또한 그들의 자식들에게 존칭을 쓰거나 사냥에 동행해 그들 쪽으로 사냥감들을 몰아주기도 싫었다. 그는 땅굴 사람들만큼이나 자기를 고용한 주인들도 증오했다. 물론 그 이유는 정반대였다. 그가 주인들을 미워한 것은 그들을 보면서 자신의 비참한 처지가 떠올랐기 때문이라기보다, 자신이 절대 이룰 수 없는 것을 계속 생각할 수밖에 없었기 때문이었다.

양들로 바글거리는 우리에서 아버지는 마침내 결단을 내렸다. 그는 자신의 처지를 끔찍이도 원망하는 이들이 하는 모든 것을 하기로 결심했다. 즉, 자기들 밑에 있는 사람들을 이용하는 것이었다. 그는 평생 아무것도 없이 살았다고 생각했지만, 그렇지 않다는 것을 깨달았다. 그에게도 힘이 있었다. 사실 그것은 잠시라도 한눈을 팔면 손가락 사이로 빠져나가면서 끈적끈적한 거품과 함께 모든 곳에 더러운 흔적을 남기는 민달팽이처럼 보잘것없이 작고 미끄러지기 쉬운 힘에 지나지 않았다. 하지만 그것만으로도 자신이 원하는 것을 충분히 이룰 수 있을 것 같았다.

아버지의 첫 번째 대상은 아델라였다. 싸구려 옷 한 벌과 쿠엥카*에서 가져온 향수 한 병이면 충분했기 때문에 돈은 크게 들지 않았다. 아버지는 잘생긴 편이 아니었지만, 이 동네 저 동네 떠돌아다니면서 배운 몇 가지 재주가 있었다. 가령 어떤 상황에서 무슨 말을 해야 하는지, 또 어떻게 행동해야 하는지 눈치로 알아내는 재주였다. 그리 어렵지도 않았다. 아델라는 평생 좋은 것을 한 번도 가져보지 못한 멍청한 여자아이였으니까 말이다. 나도 그녀만큼이나 우둔했지만, 다행히 아버지 같은 남자와 만난 적은 없었다.

아델라는 우리 아버지가 하는 말이라면 무엇이든 믿고 따랐다. 아버지는 그녀를 데리고 나가 팔짱을 끼고 산책을 하거나 파티에 가서 같이 춤을 추겠다고, 또 설탕에 절인 아몬드와 사탕을 사주겠다고 했다. 그러고는 그녀의 아버지를 찾아가 약혼을 한 다음, 예배당에서 결혼식을 올리고 자식을 낳아서 그중 장남에게 자기 이름을 붙일 거라고도 했다. 심지어 그녀는 아버지가 잘생겼다고 믿었다. 삐뚤어진 코와 가는 입술에도 그녀는 전혀 개의치 않았다. 오랫동안 굶주리고 지지리 고생하긴 했지만 그의 집안 청년들

* 스페인 중부 카스티야 라만차 지역에 있는 도시.

은 늘 키가 크고 외모도 수려한 편이었기 때문에 도대체 어디서 그런 코와 입술이 나온 건지 아무도 몰랐지만 말이다. 아델라의 경우 3개월이면 충분했다. 마침내 아델라가 함정에 걸려들자, 아버지는 그녀가 빠져나오지 못하도록 자물쇠를 절걱하고 잠가버렸다.

반면 펠리사에게는 조금 더 애를 먹었다. 펠리사는 순진한 어린아이가 아니었다. 그녀는 남자들이 원하는 것을 얻기 위해 밥 먹듯이 거짓말을 하거나 실제보다 부풀려서 말한다는 것을, 또한 남자들이 하는 말은 대부분 거짓말이며 그 3분의 1도 믿어서는 안 된다는 것을 알고 있었다. 그래서 펠리사에게는 싸구려 선물이나 감언이설이 절대 통하지 않았다. 그녀는 애당초 우리 아버지를 믿지 않았기 때문에, 그가 아무리 그럴듯한 말로 사탕발림해도 결코 넘어가지 않았다. 그는 몇 년 동안이나 그녀를 쫓아다녔다. 그녀는 그가 뭐라고 하든 간에 자기를 볼 때마다 축 처진 가슴과 눈 밑 주름, 그리고 물러진 살밖에 안 보일 거라는 사실을 잘 알고 있었다. 남자가 무언가를 노리는 게 없다면, 왜 자기보다 열 살이나 많은 여자에게 관심을 가지겠는가. 남자들은 항상 무언가를 바랐다. 특히 나이가 들고 한창때가 지난 여자라면 더더욱 그랬다. 그런데 펠리사는 홀몸이었다. 이 부근에 일가친척이라고는 하나도 없을뿐더러, 남편은 가난한 자들의 목숨만 앗아 가는 열병으로 세상을 떠났다. 그녀는 또래보다 늦된 데다 몸마저 약한 아이를 홀로 키웠다. 때로는 배고파서, 때로는 추워서, 또 때로는 마치 목이 반쯤 잘린 닭처럼 집 안을 돌아다니는 무시무시한 외로움 때문에 아이는 밤낮 가리지 않고 울어댔다. 펠리사는 우리 아버지를 절대 믿지 않았지만, 내심 그를 믿고 싶어 하는 눈치였다. 결국 그 두 가지는 결코 동떨어진 것이 아니었다. 그녀가 그 사실을 깨달았을 때, 함정의 자물쇠는 이미 잠기고 난 뒤였다.

그 후로도 아버지는 여러 여자들을 만났다. 친아버지에게 두들겨 맞아 절름발이가 되고 집을 떠난 마리아. 주인 나리가 자기를 부엌 한구석에 몰아넣고 추근대는 것에 진절머리가 난 호아키나. 집에 먹여 살려야 할 식구가 너무 많아 친엄마의 손에 끌려온 후아나. 아버지가 그들 중 누구 하나라도 진심으로 사랑했는지, 아니면 그들을 모두 증오했는지 알 길이 없다. 하지만 아버지라면 어느 경우든 별 차이가 없었을 것이다. 아버지는 한동안 아델라와 펠리사를 마을 외곽의 양 우리 안에 가두어두었다. 그는 거기에 짚을 깔아 잠자리를 만들고 세숫대야 하나를 둔 다음, 그녀들을 교대로 부려먹었다. 아버지는 어떤 손님이든 자기가 낸 돈보다 더 오래 있지 못하도록, 그리고 그들이 그의 밑천을 망가뜨리지나 않는지 감시하기 위해 밖에서 기다렸다. 그에게는 돈이 언제나 가장 중요했기 때문에 손님들이 들어가기 전에 미리 돈을 받았고, 아델라와 펠리사에게는 나중에 정산해주었다. 그녀들은 늘 제값을 받지 못했지만, 한편으로 무서워서, 다른 한편으로 사랑하기 때문에 — 대부분의 경우 이 둘은 동전의 양면이나 마찬가지였다 — 그에게 불만을 내색하는 일이 없었다.

얼마 후, 그는 방앗간 주인이 옛날에 살던 집을 빌려 사업을 확장했다. 갈수록 그곳을 찾는 이들이 늘어났는데, 손님을 한없이 기다리게 할 수는 없어서였다. 많은 이들이 밖에서 기다리는 동안 그런 곳을 찾아온 것이 후회스럽다는 듯 입맛을 다시며 자기 아내의 품으로 돌아가는 반면, 또 어떤 이들은 고주망태로 취해 난폭하게 굴어 하는 수 없이 일일이 쫓아내야 했기 때문이었다. 어쨌든 그는 여자를 한꺼번에 네 명 이상 내놓은 적이 절대 없었다. 아버지가 마음만 먹었더라면 사업은 더 번창했을 것이다. 하지만 부자들이 가난한 자들의 탐욕을 탐탁지 않게 여긴데다, 집주인들이 승낙하지 않는 한 가게 문을 열 수 없다는 것을 잘 알고 있었던 아버지는 욕심을 부리지 않았다. 그런 이들이 과르디아 시빌에게 찾아가 담당자를 힐끗 쳐다보면서 인상을 찌푸리고 말 한마디만 해도, 당장 가게를 폐쇄하고 그를 체포해 끌고 가거나 혹은 두들겨 패서 반쯤 죽여놓을 수도—어느 경우든 그에게는 별 차이가 없었다—있었다. 그들을 즐겁게 해주는 동시에, 튀는 행동을 해서 눈 밖에 나지 않는 게 무엇보다 중요했다. 그러려면 그들보다 더 비싼 옷을 입어서도, 지갑이 더 두둑해서도 곤란했다. 무릇 사람이라면 제 분수를 알아야 하는 법이다. 아버지는 돈이 질서를 좋아하고, 도전적인 눈빛보다 비굴한 미소를 더 좋아한다는 사실을 너무나 잘 알고 있었다. 내 생각에 아버지가 어머니와 결혼한 것도 바로 그런 이유, 즉 집안의 질서를 유지하고 체면치레하기 위해서였던 것 같다.

그런데 나는 어머니가 왜 그런 남자와 결혼을 했는지 도무지 모르겠다. 어쩌면 어머니는 그를 사랑했고, 결혼하고 나면 바뀔 거라고 생각했는지도 모른다. 결국 우리 여자들은 모두 바보천치나 다름이 없었다. 어쩌면 어머니는 결혼을 기회 삼아 마드리드에서 하녀 생활을 끝내려고 했던 건지도 모른다. 그도 그럴 것이 마드리드 집의 여자 주인은 친구들을 초대해 커피를 마시면서 그녀의 촌스러운 말투를 가지고 놀리기 일쑤였고, 남자 주인은 하녀가 붙임성도 없고 우둔해서 보기 안쓰럽다고 하면서도 그나마 자기들 같은 사람들과 함께 도시에 살게 되어 얼마나 다행인지 모른다고 자화자찬하곤 했다. 한 가지 분명한 것은 아버지가 무슨 일을 하는지 마을에서 모르는 사람이 없었던 터라 어머니도 그 사실을 모를 리 없었다는 점이다. 어쩌면 어머니는 아버지가 딱한 처지의 여자들을 도와주는 거라고, 그녀들이 강도를 당하거나 몽둥이로 맞아 죽지 않도록 지켜주는 거라고 생각하면서 스스로를 기만했는지도 모른다. 아버지가 그 여자들에게서 돈을 갈취했으며 언젠가 그녀들과 결혼할 거라고 믿도록 속였다고 해도 어머니 입장에서는 그다지 중요하지 않았을지도 모른다. 어머니가 정말로 아버지에게 호감을 가졌다면, 그건 아버지가 평생에 걸쳐 유일하게 지킨 약속이 자신과 한 약속뿐이라는 사실 때문이었을 것이다. 다시 말해, 아버지는 만나는 여자마다 입버릇처럼 '난 너랑 결혼할 거야'라고 했지만, 어머니는 그 말이 진심이라고 믿었던 듯하다. 따지고 보면 어머니도 최고의 신붓감이라고 보기는 어려웠다. 이마가 너무 넓은 데다 양쪽 눈이 심히 몰려 있었지만, 아버지는 그녀를 기꺼이 신부로 택했다. 아버지가 어머니를 마음에 들어 했던 것은 어쩌면 다른 여자들보다 편하게 느껴졌기 때문이었는지도 모른다. 이유야 어쨌든 어머니는 결혼하고 나서 곧장 후회했다.

이 집은 어머니가 아버지로부터 결혼 선물로 받은 것이

다. 먹을 거라곤 멀건 완두콩 죽밖에 없어 많은 이들이 경련으로 몸을 뒤틀고 입에 거품을 물면서 겨울을 보내던 시골 마을에서 이런 집을 짓는다는 것만으로도 일대 사건이었다. 아무리 그래도 부잣집 나리들이 자기들에게 위협이 될 거라고 생각할 만큼 으리으리한 저택은 아니었다. 아버지는 그런 문제라면 항상 눈치껏 알아서 처신할 줄 알았으니까. 집 내부도 굉장히 아름다웠다. 아버지는 손으로 조각한 문, 자수를 놓은 침대 시트, 고급 가구 등을 수도에서 주문했다. 그는 나름 고상한 취향을 가지고 있었다. 아니면 적어도 남들이 그런 취향을 가졌다고 믿을 정도의 물건을 고를 줄 알았다.

엄마는 이 집을 무척이나 좋아했다. 그 전까지는 아침에 햇빛이 들면 바닥이 빛나고 벽도 반짝이는 그런 집에서 살아본 적이 없었다. 창문으로 상쾌한 바람이 들어왔고, 페르시아나*는 여름 더위와 겨울 추위를 막아주었다. 부엌은 널찍하면서도 환했고, 아버지는 그늘이 드리우도록 현관문 앞에 포도나무를 심었다. 하지만 무엇보다 어머니가 가장 좋아했던 것은 집에 전등이 달려 있다는 점이었다. 어머니는 아돌피나네 집과 하라보네 집의 반쯤

* 강한 햇빛과 바람을 막기 위해 창문에 설치한 덧문.

열린 커튼 사이로 훔쳐보던 것 외에 전등이란 것을 한 번도 본 적이 없었다. 전등이라고 해야 이 방에서 저 방으로 이어진 전선에 매달린 전구 하나였다. 물론 성자들의 후광처럼 빛나는 하라보 부부의 램프나 아돌피나 자매의 집 천장에 매달린 크리스털 샹들리에에는 미치지 못했지만 기절한 듯, 거의 굶어 죽은 것처럼 희미한 빛을 내는 기름 등잔보다는 훨씬 좋았다.

하지만 결혼식을 마치고 이 집으로 이사를 오자마자 어머니는 그 모든 것이 속임수에 지나지 않는다는 것을 깨달았다. 전부 거짓말이었던 셈이다. 결혼한 이유가 자존심 때문이든, 사랑 때문이든, 아니면 배고픔 때문이든 간에 어머니는 아버지가 그동안 속였던 모든 여자들과 마찬가지로 멍청이에 지나지 않았다. 물론 아버지가 약속을 지켰다고 볼 수도 있지만, 어머니는 아버지가 약속을 지키지 않았을 때보다 약속을 지켰을 때 더 나쁜 사람이라는 것을 곧 깨달았다.

더구나 집에는 어둠의 그림자들이 가득 드리워 있었다. 그것들은 벽돌 하나하나에, 모든 타일 밑에, 벽에 발라놓은 석회 뒤에 모르타르와 함께 뒤섞여 있었다. 그것들은 어머니가 부엌 찬장을 열 때마다, 침실의 커튼을 펼칠 때마다 모습을 드러냈다. 또한 깊고 어두운 우물에서 나와 식탁 아래를 통해 복도까지 기어다녔다. 어머니는 그것들이 침대 옆에서 숨을 쉬고 모든 문 뒤에 숨어 몰래 엿보는 소리를 들었다. 아, 베네딕토 성인*이시여, 부디 바라옵건대 이 집에 깃든 악을 물리쳐주소서. 그러면 무릎을 꿇고 구일기도를 바치겠나이다. 어머니는 성인에게 기도했다. 저에게서 악을 물리쳐주시면 맨발로 성인을 예배당까지 모시고 올라가겠나이다. 하지만 어둠의 그림자들은 사라지기는커녕, 점점 불어나기만 했다. 마술로부터 사람들을 지켜주는 치프리아노 성인**도, 적과 질투심으로부터 보호해주는 알렉시오 성인***도 이 집에서 그것들을 몰아내지 못했다. 그래도 우리 어머니는 매일 밤 성인들에게 간청을 드렸다. 치프리아노 성인이시여, 이 마귀들을 당장 몰아내주소서. 어머니는 침대 가장자리에서 그것들의 숨결을 느낄 때마다 기도했지만, 어둠의 그림자들은 자취를

* San Benito. 최초로 수도회 공동생활의 규칙을 제정한 수호성인으로 '누르시아의 베네딕토'라고도 부른다. 과거 한국에서는 한자로 음차하여 '분도(芬道)'라고 부르기도 하였다.

** San Cipriano. 원래 안티오키아에 사는 이교도로서 잡귀신들을 불러 마술을 부리는 마법사였으나, 유스티나 성녀의 영향을 받아 기독교로 개종했다고 전해진다.

*** San Alejo. 4세기경 부유한 로마 원로원의 아들로 태어났으나 시리아로 가서 오랜 세월 청빈한 삶을 살았다고 전해진다. 질투와 험담으로부터 지켜주는 수호성인으로 알려져 있다.

감추지 않고 점점 부풀어 오를 뿐이었다.

곧 매질이 시작되었다. 어머니는 이에 대해 아무 말도 하지 않았지만, 마을에 떠도는 소문을 들은 카르멘이 내게 이야기해주었다. 그 전부터 다들 아버지를 비롯한 남자들의 매질에 대해 알고 있었지만 쉬쉬하곤 했다. 그나마 운이 좋으면 친정의 남자 형제들과 친아버지가 나서 남편이 더 이상 손찌검을 하지 못하도록 두들겨 팼다. 이웃집 안토니아의 남편도 그런 일로 올리브밭에서 심하게 두들겨 맞아 결국 평생을 바보천치로 살아야 했다. 그런 운마저 없다면, 더 이상 문제가 커지지 않도록 친정의 남자들이 나서 여자를 혼내는 경우도 있었다. 하지만 어머니의 친정에는 남자라고 해야 워낙 몸이 약했던 탓에 굶어 죽지 않도록 몰래 과자와 빵을 챙겨주곤 하던 코흘리개 둘과 수치심과 자존심 때문에 한마디도 할 수 없었던 친정아버지가 전부였다. 더구나 그는 어머니가 어디서 굴러먹던 포주 나부랭이와 결혼하던 날, 자기 딸을 죽은 셈치기로 한 데다 남편한테 그런 수모를 당해도 싸다고 생각하는 사람이었던 터라 그런 일이 있어도 절대 나설 리가 없었다.

어머니는 그래도 자기가 다른 여자들보다 훨씬 나은 처지라고 생각했지만, 아버지는 주먹질로 어머니의 자만심을 완전히 짓밟아버렸다. 어머니는 그 여자들과 똑같이 매질을 당했고 두려움에 떨었다. 아버지는 그 여자들을 모두 한곳에 감금했고, 어머니를 바로 그 집에 가두어 놓았다. 아버지는 이 집을 어머니에게 선사하기는커녕 그 안에 갇혀 살게 만들었던 것이다. 결과적으로 이 집은 그 여자들의 몸 위에 세워졌고, 우리 어머니의 몸 위에서 간신히 버티고 서 있었던 셈이다. 어머니의 고통과 두려움 위에서. 그건 선물이 아니라, 저주였다.

아버지는 자신이 짓고 있던 감옥 안에 스스로 갇히게 되리라는 것을 까맣게 모르고 있었다. 감옥이나 다름없는 그 집에서 한 발짝도 나갈 수 없다는 것을 깨달은 어머니는 더 이상 성인들에게 간청하지 않고 어둠의 그림자들과 이야기하기 시작했다. 그것들이 침대 아래에서 웅얼거리는 소리를 듣고 문 뒤에 숨어 엿보는 기척을 느낄 때마다, 어머니는 어린아이를 어르듯이 그들에게 노래를 불러주었다. 잘 자라, 우리 아가. 요람 옆에서 엄마가 지켜보고 있으니 편히 잠에 들렴. 잘 자라, 요람의 아가. 잘 자라, 사랑스러운 우리 아가. 네 발 아래에는 달이 있고, 네 머리맡에는 해가 있단다. 그러고 나면 어둠의 그림자들은 마음이 가라앉은 듯 잠잠해졌다. 그렇게 그것들은 어머니에게 정을 느낀 반면 아버지를 미워한 것이 틀림없다. 아버지가 집 문턱을 넘어서는 순간, 집 전체에 적개심이 일었으니까. 벽에 찬 눅눅한 습기, 계단을 밟을 때마다 나는 삐거덕 소리, 문을 여닫을 때마다 들리는 끼익 소리를 통해 집은 분노와 증오를 드러냈다. 아버지는 태어나서 처음으로 두려움을 느끼기 시작했다. 그는 집에서 장작 패는 도끼와 부지깽이, 그리고 부엌칼을 모조리 없앴다. 또한 점점 집 밖에서 보내는 시간이 많아졌다. 심지어 몇 주 동안 집에 들어오지 않을 때도 종종 있었다.

그러던 중 전쟁이 터졌다. 아버지는 전선에 나가 싸울 자신이 없다는 것을 잘 알고 있었다. 불행한 처지의 여인을 가두어두고 무자비하게 때리던 아버지였지만, 막상 전쟁이 일어나자 도살된 돼지처럼 구덩이 속에 내던져질까 봐 두려웠던 모양이었다. 징집영장이 나오자 아버지는 어머니에게 제발 자기를 숨겨달라고 애원했다. 결국 그날 밤, 두 사람은 위층 침실 옷장 뒤에 칸막이벽을 세웠다. 면적이 3제곱미터도 안 될 정도로 좁은 공간이라 출입구가 없었고, 대신 바닥에 옷장으로 쉽게 감출 수 있는 작은 구멍을 하나 냈다. 아버지가 벽 안에 들어가 있는 동안 어머니는 중요한 임무를 수행하는 사람처럼 꼼꼼하게 거기에 회칠을 했다.

어머니는 몇 주 동안 그 구멍을 통해 식사와 물 양동이를 갈아주었다. 어머니가 물 양동이를 넣어주면 아버지는 그 물로 우선 세수를 하고, 나중에는 거기에 용변을 보았다. 아버지는 전쟁이 그리 오래가지 않을 거라고 확신하는 눈치였다. 몇 주만 지나면 쿠데타군이 정부를 전복하든지, 반대로 정부가 쿠데타군을 진압할 거라고 믿고 있었다. 그의 입장에서는 매춘부들과 그들을 찾는 손님들은 늘 있어왔고, 앞으로도 그럴 것이기 때문에 누가 이기든 신경 쓸 필요가 없었다. 아버지에게 그보다 더 확실한 사업은 없었다. 하지만 라디오에서 전혀 예상치 못한 소식이 흘러나오기 시작했다. 마드리드가 함락된 건 아니지만, 현재 정부가 나라 전체를 통제하는 것 또한 아니라는 소식이었다. 아버지는 주먹으로 벽을 치면서 어머니에게 욕을 퍼붓는가 하면, 분을 삭이지 못해 안절부절 어쩔 줄 몰라 했다. 마을에 남은 남자는 노인과 장애인뿐이었다. 파카의 남편은 전쟁에 나가지 않으려고 일부러 불 속에 발을 넣었지만, 결국 그들의 손에 끌려가고 말았다. 그의 형이 그를 반역자이자 겁쟁이라는 이유로 당국에 고발해 그들이 그를 잡으러 온 것이었다. 그들이 겁에 질리고 잔뜩 주눅 든 그를 끌고 어디로 갔는지 알 수 없지만, 그는 끝내 집으로 돌아오지 않았다. 우리 어머니는 벽을 통해 마을에서 일어난 일을 이야기해주었지만, 아버지는 귀담아듣지 않았다. 아버지는 무슨 일이 있어도 거기서 나오고 싶다고 했다. 일단 프랑스를 향해 걸어가다가, 필요하다면 깊은 산속에 숨어 있을 거라고 했다. 쇠망치를 안 가져오면 널 작살내버릴 거야. 아버지는 벽에 대고 나직한 목소리로 으르렁거리곤 했다. 하지만 어머니는 밤새도록 숟가락으로 벽돌 이음새를 긁으면서 달각달각달각 야단법석을 떠는 소리를 듣지 않으려고 아예 식당의 긴 나무 의자에서 잤다. 이 망할 년 같으니, 나한테 잡히면 반병신을 만들어놓겠어. 네 아버지도 못 알아보게 말이야. 그러고는 똥이 가득 든 양동이로 벽을 내리치곤 했다.

아버지는 갈수록 더 크게 소리를 지르고 욕을 퍼부어댔다. 그러자 어머니는 혹시 이웃 사람들이 눈치챌까 봐 덜컥 겁이 났다. 집이 속한 마을에서 멀리 떨어진 불모지에 이르기까지 모든 곳에 눈이 있었고, 모든 곳에 귀가 있었다. 그때 어둠의 그림자들이 어머니에게 귓속말로 소곤거렸다. 그것들은 그녀의 머릿속에 자기들의 생각을 심어주었다. 그날 밤, 그가 잠든 동안에 어머니는 구멍을 벽돌과 모르타르로 죄다 막아버렸다. 며칠이 지나자 그의 고함소리도 더 이상 들리지 않았다. 결국 아버지는 집 안의 또 다른 어둠의 그림자로 변해버렸다.

어머니는 그로부터 다섯 달 뒤에 나를 낳았다. 나는 바로 여기, 벽들이 내 아버지를 집어삼킨 방에서 태어났다. 출산 후 몸이 어느 정도 회복되자 어머니는 집에 있던 것을 모두 팔았다. 고가의 원목 가구, 반짝거리는 수저, 곱게 수를 놓은 식탁보 전부를. 하지만 옷장만은 팔지 않고 남겨 두었다. 그 안에서 소곤거리는 소리가 들려올 때마다 누군가가 곁에 있는 듯 마음이 든든했기 때문이었다. 물건을 팔아 큰돈을 건질 수 있는 때도 아니었다. 당시는 전쟁이 한창이라 모든 이들이 가지고 있던 물건을 내다 팔려고 애를 쓰고 있었다. 하지만 어머니는 아돌피나 자매에게 레이스를 팔아 얼마간의 돈을 벌었다. 그 무렵 아돌피나 자매들은 자기편이 전쟁에서 승리하리라는 것을 이미 직감하고 있었다. 어머니는 그렇게 번 돈의 일부를 아버지 밑에서 일했던 여자들에게 나눠주고, 남은 돈으로 재봉틀을 샀다. 아버지가 우리에게 남긴 건 아무것도 없었다. 어머니는 집 곳곳을 한 번 더 샅샅이 뒤졌지만, 주머니에서 그 흔한 동전 한 닢조차 나오지 않았다. 아버지가 돈을 다른 곳에 보관한 건지, 아니면 비싼 셔츠와 그보다 훨씬 더 비싼 선물을 사는 데 탕진한 건지 알 수가 없었다. 그런 망나니 같은 인간이라면 둘 중 하나일 가능성이 높았다.

아버지가 우리에게 남겨준 것이 있다면, 그건 주인을 섬길 수 없을 정도로 강한 자존심이었다. 어머니는 주인을 섬길 마음도 없었을뿐더러 하루 온종일 남의 밭에서 일하고 싶어 하지도 않았다. 그녀는 집에서 요리하고 청소하는 것 외에 할 줄 아는 게 없었지만 그래도 뭔가를 배울 능력은 있었다. 어머니는 아버지의 옷을 뜯어 옷본* 만들기와 마름질하는 법을 공부했다. 바늘땀이 겉으로 드러나지 않게 속으로 떠서 꿰매는 방법, 몸에 딱 맞게 옷감을 마름질하는 방법, 여러 체형의 장점을 살리고 단점을 보완할 수 있게 바느질하는 방법을 익혔다. 그런 다음, 어머니는 이를 바탕으로 자신의 원피스와 치마를 만들었다. 그렇게 넉 달이 지나자 주문을 받을 만큼 실력 있는 재봉사가 되었다.

전쟁이 끝나자 어머니는 상복을 입었다. 저마다 자기 몫의 고난과 불행을 안고 살던 때라 아버지의 안부를 묻는 이는 아무도 없었다. 이런 일로 불행해지지 않은 이들은 또 다른 일로 불행에 빠지기 마련이었다. 그 무렵에는 집집마다 문을 두드리는 소리가 났다. 당신의 아들이 감옥에서 죽었다는 소식을 전하러 온 경우도 있었지만, 수상한 자들이 산책이나 하자며 찾아오기도 했다. 몬테의 성모마리아께서는 이 모든 것을 두 눈으로 똑똑히 보셨기

---

* 옷을 지을 때 옷감을 그대로 마를 수 있도록 본보기로 오려 만든 종이.

때문에 잘 알고 계신다. 정체를 알 수 없는 수상한 자들은 성녀를 모셔둔 바로 그곳, 예배당 앞 낭떠러지 아래로 몇 사람이나 밀어버렸다. 아, 동정녀시여. 나는 그들이 저 아래 바위에 부딪치는 모습을 보았나이다. 그 당시 나는 고작 네다섯 살밖에 되지 않았지만, 그 장면을 결코 잊지 못할 겁니다.

어머니는 끝내 상복을 벗지도, 재혼을 하지도 않았다. 마지못해 이따금씩 상복을 벗고 검은 바탕에 하얀 꽃무늬가 있는 치마와 검은색과 거의 구별이 안 될 정도로 짙은 청색 블라우스를 입기는 했다. 물론 엄마 주변에 남자가 전혀 없었던 것은 아니다. 사실 어머니에게 말을 걸기 위해 마을에서 마당 앞까지 찾아온 남자들도 적지 않았다. 하지만 그때마다 어머니는 상중인 과부 주변을 어슬렁거리는 것이 창피하지도 않냐고 소리치면서 그들을 쫓아버리곤 했다. 그러다 보니 어떤 남자도 감히 이 집 문턱을 넘어서지 못했다. 어머니에게 남자는 평생 한 명밖에 없었지만 그것만으로도 족했다. 어떤 여인이든 외롭고 가난에 찌들다 보면 같은 교훈을 두 번씩이나 깨우칠 엄두가 나지 않는다. 이 집에서 살아온 우리도 잘 알고 있는 사실이다.

벽돌과 모르타르로 구멍을 막아버린 그날 밤부터 어머니는 어둠의 그림자들이 자기 안에 들어왔다는 것을 알고 있었다. 그녀는 그들의 소리를 커튼이나 문 뒤에서만이 아니라 이제는 가슴과 배 깊은 곳에서 들을 수 있게 되었다. 배에 귀를 가까이 대면 내 몸 안에서도 그것들의 소리를 들을 수 있었다. 어머니는 그들이 우리 몸속에서 자라날 것이고, 또한 우리의 내장을 옭아맬 것이기 때문에 절대 빼내지 못하리라는 것을 잘 알고 있었다. 모든 일에는 대가가 있기 마련이다. 그렇다면 그건 어머니가 치러야 했던 대가였다.

오랜 세월이 흘러 딸이 태어났을 때, 나는 아이의 몸짓을 면밀히 관찰했다. 아이가 인형을 가지고 놀 때면 문 뒤에 숨어 아이를 몰래 엿보았고, 자는 동안에는 가만히 지켜보았으며, 밖으로 나가면 몰래 뒤를 쫓기도 했다. 나는 수년 동안 아이의 몸에서 나오는 소리나 귀를 통해 새어 나오는 소리에 주의를 기울이면서 세심하게 관찰을 계속했다. 가끔은 아이의 가슴에 머리를 대거나 이마에 귀를 갖다 대기도 했다. 내 머릿속에서 들리는 것과 똑같은 소리, 그러니까 누군가 기도할 때나 매미가 울 때처럼 웅얼웅얼하는 소리, 또는 무언가를 손톱으로 할퀴거나 흰개미 떼가 이빨로 갉아먹을 때처럼 날카롭게 긁는 소리가 나는지 확인하려 했던 것이다. 하지만 아무 소리도 들리지 않았다. 곰곰이 생각해보니 그것은 내가 어머니의 배 속에 있을 때, 어머니의 몸속으로 들어왔던 것이다. 따라서 그것은 자연스럽게 내 안에 들어왔고 나로 끝난 것이 분명했다. 아, 성모마리아시여. 나는 왜 이렇게 바보 같을까요.

오랫동안 나는 그것에 대해 다시 생각해보지 않았다. 심지어 딸이 종적을 감추었을 때도 그런 생각은 전혀 하지 않았다. 나는 범인들이 누구인지, 그런 몹쓸 짓을 한 대가를 치러야 할 자들이 누구인지 잘 알고 있었다. 이번에 빚을 돌려받아야 할 사람은 바로 나였다. 그동안 내가 지지도 않은 빚을 갚느라 평생 죽어라 고생만 했으니까. 하지만 손녀가 하라보 부부네 집에서 하녀로 일하기 시작했을 때, 나는 오랜 세월 동안 나 자신을 속이고 있었다는 것을 깨달았다. 그것은 결코 사라지지 않았다. 손녀도 몸속에 그것을 지니고 있었다. 우리 가족 모두가 태어나는 그 순간부터 그것을 안에 지니고 있다. 그것은 잡초처럼 우리에게 달라붙어 절대 우리를 놓아주지 않는다.

손녀는 과르디아 시빌과 판사에게 거짓말을 했고, 여러분에게도 거짓말을 했다. 그 아이는 그 일로, 또 그 어떤 것으로도 감히 나를 속일 수 없다. 그것에 대해서라면 내가 직접 봤기도 하고, 무엇보다 나는 그 아이의 몸속에 살고 있는 나무좀이 어떤 것인지 잘 알고 있기 때문에, 마치 앞발을 쳐들고 뛰쳐나갈 듯 몸을 움찔움찔하다가도 기어코 끝내 달려 나가지 못하는 말[馬]처럼 가슴속에 자리 잡아 간질간질하는 느낌을 잘 알고 있기 때문에 그 외 다른 모든 것에 대해서도 절대 나를 속일 수 없다. 그 아이가 밝히지 않은 것을 내가 이야기해줄 테니까, 더구나 여러분이 공갈—그 애가 뭐라고 하든 나는 상관없다—이나 들으려고 여기까지 온 것이 아닌 이상, 내 말에 귀를 기울여주기 바란다. 그 남자아이는 하녀가 잠깐 한눈을 판 동안 혼자서 집을 나간 것도 아니고, 넋을 놓고 있다가 길을 잃었던 것도 아니다. 내 손녀가 그 아이에게 문을 열어주었다.

3

모든 일이 벌어지기 한 달 전, 갑자기 어금니 한 개가 아프기 시작했다. 입안 위쪽에 있는 어금니였다. 처음에는 핀에 찔린 것처럼, 또는 집게벌레한테 물린 것처럼 따끔했을 뿐 통증이 그렇게 심하지 않았다. 나는 그 어금니를 거울에 비춰 보려 했다. 그래서 우선 입안에 손가락을 집어넣고 잇몸과 볼 사이를 뜨게 한 다음, 휴대전화 불빛으로 비추었다. 하지만 문제의 어금니는 너무 깊숙이 있어서 제대로 보이지 않았다. 아무리 보려 해도 분홍색 잇몸, 가지런히 박혀 있는 다른 이빨들, 고인 침 덩어리만 보일 뿐 어금니는 끝내 볼 수 없었다. 그러다 통증이 가라앉으면 나는 모든 걸 다 잊은 채, 가끔씩 핀에 찔리거나 집게벌레한테 물릴 때처럼 어느 정도 견딜 수 있을 만큼 미미하게 따끔거리는 삶을 계속 이어갔다.

며칠이 지나자 어쩌다 한번씩 어금니의 통증이 가셨다. 그럴 때면 통증은 고양이 몸에서 단호하고 침착하게 떼어내야 하는, 통통하게 살이 오른 노란 진드기처럼 내 턱을 움켜잡는 것 같았다. 그리고 통증은 가느다란 실처럼 입천장을 관통해서 눈구멍으로 올라왔다. 혀로 아픈 어금니를 쓸어보았지만, 고름의 씁쓸한 맛도, 염증으로 부어올라 물렁물렁해진 살도, 충치 구멍도 느껴지지 않았다. 나는 잇몸 궤양이나 농양을 찾으려고 입안 깊숙이 손가락을 넣어보기도 하고, 부서진 에나멜질의 절단면을 찾으려고 손가락 끝으로 어금니를 만지작거리기도 했지만, 평소와 달라지거나 이상한 점을 전혀 느낄 수 없었다. 그런데 왜 그렇게 무시무시한 통증이 나타나는 것인지 도저히 설명할 길이 없었다.

버티고 서 있을 수조차 없어 벽이나 문기둥에 기댄 채 눈을 감고 앓는 소리를 낼 때마다 할머니는 나를 빤히 바라보았다. 할머니는 내 얼굴에 나타나는 고통스러운 표정 하나하나에 주의를 기울이는 듯했다. 문을 닫아놓은 채, 욕실 거울 앞에서 입안에 손가락을 집어넣고 뭐가 있는지 확인하는 동안에도 나를 바라보는 할머니의 집요한 시선이 느껴졌다. 때로는 손가락이 너무 깊게 들어가 목구멍 입구의 말랑말랑한 살에 닿는 바람에 속이 메스꺼

워져 구역질이 올라오기도 했다. 거듭되는 구역질을 간신히 참으며 숨이 막힐 때마다 할머니가 문으로 점점 더 다가오는 소리가 들려왔다. 할머니의 머리카락이 나무문에 스치는 소리가 들렸고, 부드럽고 주름 진 귀가 니스 칠한 부분에 닿는 것이 느껴졌다. 축 늘어진 귓불 때문인지 할머니의 귀를 볼 때마다 징그럽고 역겨웠다. 언젠가 내 귀도 저렇게 흉한 꼴로 변할 거라고 생각하니 쳐다보기도 싫었다.

통증은 갈수록 심해져갔고, 머릿속이 깨진 유리 조각과 가위로 가득 찬 듯했다. 나는 하라보 부부의 집에 전화해서 너무 아파 아이를 돌보러 갈 수 없을 것 같다고 부인에게 말했다. 부인은 아무 걱정 말고 빨리 나으라고 위로의 말을 했다. 하지만 어투로 봐서는 내 월급에서 얼마를 제할지 머릿속으로 계산을 하고 있는 것이 분명했다. 우리는 치과에 갈 돈이 없었다. 게다가 반쯤 무너져 내린 집들과 반쯤 무너져 내린 사람들밖에 없는 이 마을에 치과가 있을 리 만무했다. 반면 모든 것이 더 천천히 무너져 내리던 옆 마을에는 치과가 있기 때문에 돈만 있으면 어금니 하나는 금세 뺄 수 있었다. 나는 약국에서 처방전 없이 파는 진통제 중에서 가장 강력한 것을 샀지만, 그다음 날이 되자 설명서에 나오는 권장량보다 두 배나 되는 약을 복용해야 했다. 통증이 완전히 가시지는 않았지만, 그래도 신경이 조금 덜 쓰였다. 할머니의 시선과 할머니의 귀를 포함한 모든 것이 허공에 둥둥 떠다니며 내게서 멀어져갔다.

진통제를 먹으면 한동안 졸리고 무기력한 상태가 지속되었다. 그런 상태에서 잠시 벗어나면 나는 침대에서 나와 이 방 저 방을 돌아다녔다. 집 안은 희뿌연 안개로 가득 차 있었다. 가끔은 짙은 안개 탓에 바로 앞에 있는 물건조차 분간할 수 없어 걷다가 부딪치곤 했다. 그러면 잠시 동안 통증은 어금니에서 발이나 무릎, 엉덩이로 내려갔고, 곧 검붉은 멍이 생겨났다. 또 어떨 때는 내가 지나가자 안개가 흩어지기도 했다. 그럴 때면 문틈이나 계단 꼭대기에서 나를 바라보고 있는 어둠의 그림자들이 보였다. 나는 그렇게 많은 어둠의 그림자들을 그 전에도 그 후로도 본 적이 없다. 하지만 할머니는 그것들이 예전부터 이 집에 우글거렸으며, 특히 전쟁이 끝난 뒤로 훨씬 심해졌다고 했다. 나는 그 말이 사실이라고 믿지만, 그 밖의 다른 말은 도통 믿음이 가지 않는다. 할머니는 나더러 거짓말쟁이라고 하지만 늘 자기에게 유리한 것만 기억한다.

할머니는 집에서 나를 졸졸 따라다니기 시작했다. 내가 침대에서 일어날 때마다 복도를 따라 내 뒤를 몰래 쫓아왔다. 그러고는 내가 가구에 부딪치고 손으로 벽을 더듬거리며 계단을 내려가는 모습을 유심히 지켜보았다. 내가 이제나저제나 굴러떨어지기만을 기다리면서 말이다. 할머니는 밤이건 낮이건, 심지어 내가 자는 동안에도 감시를 멈추지 않았다. 나는 할머니가 마치 바위 사이에 숨어 있는 뱀이나 지네처럼, 침대 머리맡에 웅크리고 앉아 잠시도 쉬지 않고 밤을 지새운다는 것을 알게 되었다.

어느 날 밤, 나는 갑자기 잠에서 깼다. 전날과 똑같은 양의 진통제를 복용했지만, 극심한 통증으로 인해 잠에서 깬 것이다. 눈을 뜬 순간 할머니의 얼굴이 보였다. 차갑고 뼈만 앙상한 그녀의 손가락이 내 입안에 들어와 있었다. 할머니는 내 얼굴 위로 몸을 숙인 채, 내 잇몸과 혀와 에나멜질을 만져보는 중이었다. 그러더니 양손 손가락을 전부 사용해 도살자처럼 잔인하게 내 입안을 들쑤시기 시작했다. 내가 깨어난 것을 알아차리자 그녀는 내 입에서 손가락을 빼내 잠옷에 침을 쓱 닦더니, 조용히 침대로 걸어가 누웠다. 나는 당장이라도 일어나 빌어먹을 할망구의 머리채를 잡아채고 침대에서 끌어내 어쩌자고 나를 이 모양으로 만들어놓았냐고 소리치고 싶었지만, 그 순간 갑자기 현기증이 일면서 몸을 가눌 수가 없었다. 진통제의 효과가 다시 나타나면서 온몸이 나른해지며 몸을 마음대로 움직일 수도 눈을 뜰 수도 없었다. 할머니가 다시 내 머리맡에 다가와 입안을 후빌지 몰라 깨어 있으려고 무진 애를 썼지만, 아무 소용이 없었다.

나는 몇 시간 뒤, 오후 늦게야 일어났다. 침대 시트가 몸에 칭칭 감겨 있는 데다 머리카락은 잔뜩 엉키고 얼굴에는 기름이 덕지덕지했다. 통증에 너무 익숙해진 나머지 통증이 있으나 없으나 별 차이가 없는 상태였기에 통증이 사라졌다는 것을 알아차리는 데 몇 분이나 걸렸다. 온몸이 무감각했지만, 그렇다고 어디가 불편하지도 않았다. 나는 침대에서 일어나 방문을 열었다. 그 순간, 구역질이 올라오면서 당장이라도 토할 것 같은 느낌이 들었다. 하지만 불현듯 밀려든 조증*과 메스꺼움—단순히 먹기 싫은 것보다 훨씬 더 심각했다—에 시달리는 며칠 동안 할머니가 해준 스튜를 입에도 대지 못한 터라 속이 비어 게워낼 것조차 없었다. 복도에 감돌던 안개가 걷히자, 익숙하고 오래된 분노와 증오만이 벽과 바닥에 부스럼 딱지처럼 달라붙어 있었다.

나는 할머니를 찾으러 온 집을 돌아다녔다. 부엌에 가

---

* 기분이 비정상적으로 고양되어 충동적인 행동이나 망상적 사고 등이 나타나는 정신 상태.

보니 냄비가 불 위에 올려져 있었지만, 할머니의 모습은 보이지 않았다. 평소 할머니가 자주 숨는 곳도 다 뒤져보았지만 흔적조차 찾을 수 없었다. 궤짝도 비어 있었고, 찬장은 내가 축 늘어져 있는 동안 할머니가 채워둔 게 분명한 통조림으로 가득 차 있었다. 침대 밑은 귀찮아서 뒤져보지 않았지만, 밖으로 삐져나온 구두 코가 낡아 해지고 굽이 심하게 닳은 것으로 봐서 거기에도 없는 것이 분명했다. 나는 현관문을 열고 마당으로 나갔다. 그 순간 햇빛이 너무 강해 눈을 뜰 수 없었다. 밖에 나가보지도 못한 채 며칠이나 방에 틀어박혀 있었는지 헤아릴 수가 없었다. 나는 헝클어진 머리카락을 뒤로 쓸어 넘기며 석조 벤치에 앉았다. 땀과 병의 악취가 코를 찔렀다. 그사이 몸이 다시 수척해져 앙상한 뼈가 이곳저곳 드러나 있었다.

튀어나온 갈비뼈를 손으로 더듬어보고 있는데 갑자기 무슨 소리가 났다. 마당의 쇠창살 문에서 몇 미터 떨어진 곳, 집으로 이어지는 흙길에 한 여자아이가 서 있었다. 그 아이는 하이웨이스트 청바지와 흰색 반팔 셔츠 차림이었고 검은 생머리가 허리께까지 늘어져 있었다. 얼핏 보아서는 십대가 분명한데, 아무리 많이 잡아도 열일곱 살이나 열여덟 살이 넘지는 않을 듯했다. 너무 멀리 떨어져 있어서 얼굴을 자세히 볼 수는 없었지만, 예전에 만났던 것처럼 낯익은 느낌이 들었다. 빌어먹을 이 마을에서 사람들은 모두 서로 잘 알고 지내는데, 그래서가 아니었다. 새는 여기 사는 아이도 아니었고 새로 이사 온 아이도 아니었다.

그 아이는 길을 잃은 것 같았다. 자기가 어디로 가고 있었는지 전혀 기억나지 않는다는 듯한 표정으로 길 한복판에 멈춰 서 있었다. 잠시 후 돌아서서 몇 걸음 걸어가다 다시 멈추었다. 그러더니 어찌할 바를 몰라 얼쯤하고 선 채 주위를 빙 둘러보았다. 마치 찾을 수 없는 것을 찾는 것처럼, 아니면 자기가 무엇을 찾고 있는지조차 모르는 것처럼 당황한 기색이 역력했다. 나는 아이에게 무엇이 필요한지, 혹시 내가 도울 일이 있는지, 아니면 물 한 잔이라도 마시고 싶은지—그 시각 태양은 모든 것을 태우고 세상을 폐허로 만들어버릴 듯 뜨겁게 타오르고 있었다—소리치기 위해 쇠창살 문으로 다가갔다. 하지만 아이가 집에서 점점 멀어지고 있었기 때문에 결국 그러지 못했다. 그 아이는 곧 언덕길 너머로 사라졌다.

나는 다시 집 안으로 들어가기 위해 몸을 돌렸다. 우선 몸에 밴 땀과 기름기, 찌든 때를 씻어내기 위해 샤워를 해야 했다. 몸을 돌리는 순간, 할머니가 포도나무 덩굴에 걸어놓은 그림 카드가 눈에 띄었다. 몸과 머리에 화살을 맞은 채 기둥에 묶인 세바스티아누스 성인*의 그림으로, 수국이나 화산처럼 아름다운 모습이었다. 고통으로 일그러진 얼굴, 참담하게 찢긴 상처, 고통으로 무너져 내리는 상반신, 성기를 간신히 가린 손수건, 하늘에게 자비와 구원을 베풀어달라고, 어쩌면 자신의 것조차 아닌 복수를 대신 해달라고 애원하는 눈빛.

오, 애야. 이제 좀 괜찮아진 모양이구나. 할머니가 내 뒤에서 쇠창살 문을 열며 말했다. 할머니는 근대가 가득 든 봉지를 들고 있었는데, 손톱에 흙이 잔뜩 끼어 거무튀튀했다. 그런데도 구두는 방금 닦은 것처럼 반짝거렸다. 할머니는 그림 카드를 힐끗 쳐다보더니 말했다. 저 성인 덕분에 네 통증이 씻은 듯이 가신 거란다. 할머니가 이런 헛소리를 해도 딱히 상관은 없지만 절대 믿지는 않기 때문에 나는 일부러 짤막하게 대답했다. 아, 그렇겠지. 세바스티아누스는 질병과 역병을 없애준단다. 이 말을 듣자, 분노가 온몸을 휩싸기 시작했다. 어떻게 지금 우리 안에 도사리는 것보다 더 무시무시한 역병이 있다는 거지? 나는 침을 뱉었다. 할머니는 내면 깊은 곳을 들여다보는 것 같

* San Sebastián. 로마 황제의 친위 대원이었으나 기독교로 개종한 죄목으로 순교하였다. 르네상스 이후 회화에서 원기둥에 밧줄로 묶인 채 화살을 맞은 청년의 모습으로 자주 표현된다.

아 마을 사람들을 두려움에 떨게 만드는 눈빛으로 나를 바라보았다. 전에는 나도 그 눈빛을 무서워했지만, 이제는 더 이상 두렵지 않았다. 그 일이 있고 나서부터 더는 두렵지 않았다.

샤워를 마치고 밖으로 나오자, 할머니가 깊은 그릇 두 개에 스튜를 가득 채워놓았다. 숟가락으로 휘저어보니 바닥에 병아리 콩이 있었다. 얼마나 배가 고팠던지, 며칠 전부터 일었던 조증도 말끔히 사라져버렸다. 나는 숟가락을 놓을 수가 없었다. 한 그릇을 다 비우고도 모자라, 더 퍼서 먹었다. 너무 심한 공복 상태라서 스튜로 배를 채우려 하니 세 그릇째 먹을 때는 구역질이 올라오기 시작했지만, 그래도 계속 먹었다. 바로 그때 입안에 이상한 느낌이 들었다. 단단하고 매끄러운 뼈가 이와 부딪치는 듯한 감각이었다. 나는 씹다 남은 음식을 그릇에 뱉은 다음, 그것을 집어내려고 으깨진 병아리 콩 사이로 손가락을 집어넣었다. 입에서 나온 것은 벌레가 먹지도 금이 가지도 않은, 치아머리와 치아 뿌리 또한 전혀 손상되지 않은 어금니였다. 나는 입안 깊숙한 곳까지 혀로 잇몸을 쓸어보았다. 그 무렵 계속 아프던 자리에는 이제 빈 구멍만이 남아 있었다.

네 엄마는 이 집에 살면 이가 자꾸 빠진다고 하더구나.

할머니는 이렇게 말하고는 그릇을 싱크대로 가져가기 위해 자리에서 일어났다. 그 이야기라면 할머니한테 이미 몇 번이고 들었잖아. 나는 할머니를 쳐다보지도 않고 대답했다. 쳐다보는 순간 나도 모르게 증오가 입으로 튀어나올 것만 같았기 때문이었다. 그런데 너는 그 말을 절대 믿지 않았지. 할머니가 대답했다. 이제 나는 할머니를 똑바로 쳐다보았다. 할머니만 사람들의 마음속을 들여다볼 줄 아는 건 아니다. 나도 그런 능력을 가지고 있다는 것을 하라보 부부의 집에서 알게 되었다. 그 부부를 보고 있으면, 그들의 집안 대대로 내려오는 분노와 억눌린 욕구, 시기심이 보였다. 비록 어리기는 해도 그 집 아들에게서도 그런 것들이 엿보였다.

그럼 엄마는 이 집을 좋아했어? 내가 묻자, 할머니는 대화를 끝내려는 듯 그렇다고 짧게 대답했다. 하지만 내 눈에는 사람들이 내뱉는 거짓말도 보인다. 그건 눈바닥에 비치는 누런 얼룩처럼 생겼다. 엄마가 집을 떠나고 싶다고 말한 적 있어? 나는 다시 할머니에게 물었다. 그 순간, 나는 할머니의 몸에서 분노가 끓어오르고 있다는 것을 알아차렸다. 네 엄마는 집을 나간 게 아니라 끌려간 거야. 나도 알아. 그래도 그때 엄마는 어렸으니까, 공부하고 싶었거나 다른 곳에서 살고 싶었던 건지도 몰라. 그렇다면 무슨 수를 써서라도 빌어먹을 이 동네에서, 이 집에서, 그리고 할머니한테서 벗어나고 싶었겠지. 나는 오랫동안 가슴속에 품고 살던 원한을 쏟아내는 사람처럼 말했다. 그 순간, 나는 할머니가 내게 달려들어 머리채를 잡고 손톱으로 할퀼 거라고 생각했다. 하지만 할머니는 가만히 있었다. 할머니의 표정에서 그렇게 하고 싶은 충동과 함께, 허탈하고 우울한 심정이 느껴졌다. 할머니는 식탁에 있던 빵과 냅킨을 집어 광주리에 모두 담았다. 넌 아직 내 말을 이해하지 못할 거야. 할머니가 돌아서며 말했다. 뭘? 할머니가 화를 내며 달려들 거라고 예상할 때면 무조건 그랬기 때문에 이제 곧 손톱으로 할퀴고 내 목을 잡고 흔들어대다가 때릴 차례라고 생각하면서 물었다. 하지만 그런 일은 일어나지 않았다. 다만 풀 죽은 목소리로 약간 퉁명스럽게, 그러니까 조금 화난 목소리로 아무도 이 집을 떠나지 않는다는 것을 넌 이해하지 못해, 라고 말했을 뿐이다.

그날 밤, 나는 거의 잠을 이루지 못한 채 빠진 어금니가 남겨놓은 빈 구멍을 계속 혀로 훑었다. 잇몸이 워낙 무른 탓에 상처가 완전히 아물지 않은 상태였다. 나는 다른 이도 혹시 흔들리는지, 자고 일어나면 이가 우수수 빠져 화장실에 모두 뱉어야 하는 건 아닌지 확인하기 위해 손가락으로 하나하나 만져보았다. 엄마는 그런 말을 하기까지 대체 이가 몇 개나 빠져야 했을까? 그리고 스튜에서, 베개에서, 변기에서 빠진 어금니를 몇 개나 찾아냈던 것일까?

다음 날 아침, 시끄러운 쇠창살 문소리에 잠이 깼다. 할머니가 일찍 집을 나서는 소리인 줄 알았지만, 침대에서 벌떡 일어나 옆을 보니 할머니는 아직 침대에 누워 있었다. 나는 창밖을 내다보려고 자리에서 일어났다. 이렇게 이른 시간에는 물론이고 다른 때에도 이 집에 찾아오는 이는 거의 없다. 보통 이 시간에는 대부분 후회를 하거나 기대를 곱씹고 있지, 무언가를 괴로워하거나 걱정하지 않기 때문이다. 이렇게 동이 틀 무렵이면 대부분 전날 밤의 일을 돌아보거나 다가올 하루에 대한 바람에 부풀어 있지, 아직 그날 일에 본격적으로 매달리지는 않기 때문이다. 그러려면 조금 더, 많이는 아니지만 아직 조금 더 시간이 지나야 한다. 사람들은 그 모든 것을 다 해보고 난 뒤에야, 그러니까 하루나 한 주, 심지어 몇 년의 세월이 지나고 난 뒤에야 이 집에 찾아올 뿐이다. 그때 그들에게 남은 일은 할머니가 성인들이나 죽은 이들에게 기도를 드리는 것뿐인데, 누구에게 기도를 드리든 별 차이는 없다. 사람들은 성인들과 죽은 이들이 할머니의 말을 들어주는 줄 알지만, 할머니가 그들의 말을 들어주고 있다는 건 까맣게 모르고 있다.

전날 오후에 보았던 여자아이가 마당에 와 있었다. 전날과 같은 옷을 입고 있었고, 여전히 길을 잃은 것처럼 보였다. 그 아이는 자기가 올바른 장소에 도착했는지 확신하지 못하는 듯이, 갈까 말까 망설이듯이 어정쩡하게 집에 등을 돌렸다. 내가 저 아이에 대해 무언가를 알고 있다는 직감이 다시금 스쳤지만, 정확히 그것이 무엇인지는 몰랐다. 그것이 무엇인지, 어디서 저 아이를 봤는지 가물가물 기억이 날 듯하면서도 도무지 나지 않았다.

나는 조용히 방에서 나와 계단을 내려갔다. 그러고는 현관문을 열고 밖으로 나가 옥외 커튼을 젖힌 뒤, 마당으로 향했다. 텅 비어 있었다. 여기까지 오는 데 단 몇 초밖에 걸리지 않았지만, 여자아이는 어디에도 보이지 않았다. 길에도 모습이 보이지 않았다. 흙길은 여느 때와 마찬가지로 황량하고 적막했다. 설령 뛰어갔다고 해도 그 짧은 시간 사이에 저편 언덕에 다다르는 것은 불가능했다. 그 아이는 이 부근 어딘가에 숨어 있는 것이 분명했다. 나는 쇠창살 문을 열고 멀리 내다보았다. 저쪽은 허허벌판이라 마땅히 숨을 곳도 없다. 보이는 것이라고는 돌멩이, 엉겅퀴, 가시덤불, 주어야 할 모든 것을 주는 바람에 이미 지칠 대로 지친 태양에 의해 벌겋게 타버린 흙밖에 없으니까.

나는 발걸음을 돌려 다시 마당으로 들어갔다. 봉에 걸려 옴짝달싹하지 않는 옥외 커튼을 당기려고 고개를 든 순간, 침실 창문에서 나를 빤히 내려다보고 있는 할머니의 모습이 보였다. 나는 할머니도 그 여자아이를 본 적이 있는지, 누군가에 대해 알 것 같기도 하고 모르는 것 같기도 하고, 또 그 이름이 생각이 날 듯 말 듯 입에서 맴돌다가 결국 어느 주름진 곳이나 굽어진 곳을 따라 사라져버리는 것처럼 간질간질한 느낌이 든 적이 있는지 궁금했다.

나는 집에 들어가 문을 닫았다. 그새 집 안 공기는 다시 답답하고 무거워졌고, 갑자기 몇 도나 올라 열기로 뜨거워진 것 같았다. 천장의 나무가 삐거덕거리더니 곧 집은 전기 배선, 전차 케이블, 열차가 들어오기 직전의 선로에서 나는 듯한 불안한 소음으로 가득 찼다. 위층 바닥에서는 가구 끄는 소리, 녹슨 경첩이 삐걱거리는 소리, 급하게 이리저리 뛰어다니다 갑자기 멈추고 또 다시 뛰어다니는 발소리가 들렸다.

나는 할머니를 찾으러 위층으로 올라가기 위해 계단으로 갔지만 첫 번째 층계에 발을 디디는 순간, 모든 것이 멈추었다. 집은 무언가를 기다리는 듯, 무슨 일이 곧 일어나려는 듯, 일순간 조용해졌다. 그때 문 두드리는 소리가 들렸다. 누군가 주먹으로 문을 연이어 두 번 두드렸다. 나는 현관으로 돌아가서 문손잡이를 돌렸다. 거기, 문턱에는 방금 전 그 여자아이가 멍한 눈빛으로 커튼 자락을 잡은 채 서 있었다. 나는 그 아이의 얼굴을 처음 보았지만, 왜 낯이 익은지 금세 알아차렸다. 그 아이의 사진을 백 번도 넘게 봤으니까. 그 아이는 우리 엄마였다.

4

여러분에게 이미 말했던 것처럼, 아무도 이 집을 떠나지 않는다. 우리와 어둠의 그림자들이 여기에 갇혀 있으니까 말이다. 내 어머니는 입버릇처럼 되뇌곤 했다. 그들이 우리를 데려갈 때까지 우리는 여기 갇혀 있는 거란다. 어머니는 내게 그렇게 말하곤 했다. 우리를 데려갈 때까지? 누가? 이 집을 찾아내 죽은 자들을 을러 성인들과 함께 이승을 떠나도록 하려는 자라면 누구든지.

내 손녀는 그 말을 믿으려고 하지 않았다. 그 아이는 나이가 들면 당장 집을 떠날 거라고, 마드리드로 공부하러 떠나서 다시는 돌아오지 않을 거라고 생각했다. 하지만 그 아이는 결국 여기 머물렀다. 가긴 어디를 가겠는가? 제 딴에는 공부하러 수도에 간다는데, 대체 누가 학비를 대주겠는가? 그건 부잣집 자식들에게나 가능한 일이다. 그 아이는 자기에게 조금이라도 도움을 줄 사람이 있는지 알아보러 다녔지만, 곧 실의에 빠지고 말았다. 이 마을에서 다른 이들로부터 무언가를 받으려면 먼저 당신이 그것을 조금이라도 가지고 있어야 한다. 그렇다면 그들은 당신의 부담을 덜어줄 것이다. 하지만 수중에 아무것도 없다면, 당신은 아무것도 얻지 못할 것이다. 그들은 우리 같은 사람들이 수도에서 공부하는 것을, 심지어 남의집살이하는 것조차 달갑게 여기지 않는다. 그런 일을 할 사람들은 주변에 널려 있는데도 말이다. 할머니가 어릴 때와는 세상이 변했어. 내가 충고할 때마다 손녀는 이렇게 대꾸했지만 정작 환멸을 느껴야 했던 것은 그 아이였다. 우리가 뭐라도 좋으니 냄비에 넣을 것을 구하러 다니느라 하루를 보내는 반면, 그들은 냄비에 뭘 넣으면 좋을지 즐거운 고민을 하며 하루를 보낸다. 결국 그 아이는 집을 떠나지 않았다. 여기 있으면 적어도 살 집과 먹을 것이 없어 고생할 일은 없을 테니까. 몇몇의 산 자들과 몇몇의 죽은 이들과 함께 갇혀 있는 대가로 살 집과 먹을 것을 얻는 곳, 그게 바로 가족이다. 모든 가족의 침대 밑에는 죽은 이들이 살고 있어. 그러니까 우리도 세상을 떠난 우리 가족의 모습을 보는 것뿐이란다. 어머니는 입버릇처럼 말하곤 했다.

하지만 내게는 어머니가 보지 못했던 것들도 보인다.

여섯 살 때, 처음으로 성녀가 내 앞에 나타났다. 어머니는 아돌피나네 집으로 주문품 대금을 받으러 간 날이었다. 그들은 돈이 많은 것처럼 행세하는 졸부들과 마찬가지로 일을 빨리 해달라고 쉴 새 없이 다그치면서도 돈을 줄 때는 늑장을 부리기 일쑤였다. 아돌피나네 세 자매는 아무도 결혼하지 않았다. 만약 어떤 남자가 그들 중 하나와 결혼하면, 그건 세 자매와 결혼하는 것이나 다름없었기 때문이다. 서로 떨어져서는 절대 못 사는 한편, 함께 지내는 것 또한 그들에게는 일종의 형벌이었다. 세 자매와 함께 살려고 하는 남자는 없을 테니까 말이다. 그래서 세 자매는 매일 춤이나 추러 다니며 독신으로 지냈다. 그러다 어떤 남자가 그들 중 하나에게 눈길을 주면 나머지 둘이 나서서 그를 쫓아버렸다. 그들은 쿠바에서 노예무역으로 한몫 잡은 아버지 아돌포가 남긴 돈으로 하루하루를 보냈다. 그곳에서 전쟁이 터지자, 아돌포 씨는 자기 딸 셋과 아내를 여기로 보냈다. 그들은 아돌포의 막대한 재산과 더불어 원한으로 가득 찬 노예들을 데리고 이 마을에 왔다. 하라보 부부도 그들처럼 귀싸대기를 올려붙이며 하인들을 심하게 다루지는 않았다. 집안의 돈이 다 떨어져가자, 하녀들은 세 자매가 좀이 슬어 구멍이 송송 난 옷을 몰래 기운다고 온 동네방네 소문을 내고 다녔다. 하지만 그들은 여전히 지주로서 위세를 부리고 살았다. 심지어 보란 듯이 탈의실이 갖추어진 수영장을 짓기도 했다. 그 당시 이 주변에서 그런 것을 본 사람은 아무도 없었다. 그들은 어머니에게 수놓은 식탁보와 리넨 침대 시트를 만들게 했지만, 돈을 받아내려면 몇 달 동안 그들과 씨름을 해야만 했다. 성녀가 내 앞에 나타났던 날에도 마찬가지였다. 어머니는 나더러 집에서 양털 빗질이나 하고 있으라고 했다. 어릴 적에는 양털 냄새가 어찌나 싫던지 보기만 해도 속이 메스꺼웠다. 하지만 우리처럼 가난한 사람들에게 혐오감은 동정심과 마찬가지로 절대 허락되지 않는 것이기 때문에 어머니는 내가 투덜대든 말든 전혀 신경 쓰지 않았다.

늦은 시간이라 어둑어둑해지던 방이 갑자기 강렬한 빛으로 빛났다. 그렇게 밝은 빛은 한 번도 본 적이 없었다. 수술실이나 공항에서 흔히 볼 수 있는 차갑고 하얀 빛이었지만, 찢어지게 가난한 이 마을에서 그런 데에 가본 사람이 있을 리 없었다. 빵집 주인이 달구지를 타고 가다 벼랑 아래로 굴러떨어졌을 때, 사람들은 그를 곧장 집으로 데려가 부엌 식탁 위에 눕히고 빵집 딸들이 보는 앞에서 옷을 풀어 헤쳤다. 딸아이 중 하나는 그 장면을 보고 너무나 큰 충격을 받아 그만 반편(半偏)이 되고 말았고, 다시는 세 단어 이상을 말하지 못했다. 하지만 내가 보기에 그 아이는 그 사건 때문에 상태가 악화되었을 뿐이지 원래 조금 모자랐던 것 같다. 정말 불쌍한 건 빵집 여자야. 우리 어머니는 그렇게 말했다. 모자란 딸아이와 그 사고 이후로 똥오줌도 못 가리는 병신이 되었지만 그렇다고 쉽게 죽지도 않는 남편만 남았으니 말이지. 나한테 그런 일이 일어났다면, 난 벌써 죽었을 거야. 어머니는 중얼거리듯 말하더니 집 여기저기에서 끽끽대고 삐거덕거리는 소리가 나지 않도록 내게 성호를 그으라고 닦달하곤 했다.

그때 나는 너무 밝은 빛에 잠시 눈을 질끈 감았던 기억이 난다. 다시 눈을 떴을 때, 내 앞에 어떤 여자가 서 있었다. 그녀는 목부터 발까지 덮는 검은 튜닉을 입고 가운데 가르마를 탄 머리카락을 아래로 느슨하게 묶고 있었다. 그리고 마치 기도하는 것처럼 두 손을 가슴에 모은 채 시선을 위로 향하고 있었다. 나는 넋 나간 사람처럼 멍한 표정으로 그녀를 바라보았다. 얼마나 오랫동안 그러고 있었는지조차 알 수 없었다. 어머니가 내 어깨를 잡고 흔들어대자 나는 제정신으로 돌아왔고, 성녀는 그 순간 내 앞에서 자취를 감추었다. 어머니는 일을 마치고 돌아오자 내가 바닥에 드러누운 채 멍한 눈빛으로 천장만 쳐다보고 있었다고 했다. 그렇게 멍청이 같은 짓만 하면 수녀들에게 갖다

바칠 테니까 알아서 해. 어머니가 말했다. 집에 들어왔을 때부터 계속 불렀는데 들은 척도 안 하더구나. 얘, 나 저 빵집 여자만큼 인내심이 많지 않다는 걸 명심해.

전쟁이 터지고 난 뒤, 수녀들은 이 마을에서 여러 명의 여자아이들을 데려갔다. 먹을 것이 없어서 하는 수 없이 딸을 수녀들에게 보낸 가족들도 있었다. 반면 부모가 감옥이나 무덤에 있는 경우, 사제의 요청에 따라 수녀들이 데려간 아이들도 있었다. 그런 아이들은 부모가 살았든 죽었든 고아나 다름없었다. 그런 아이들을 맡아 기르던 고모와 삼촌과 이웃이 사제를 찾아가 어떻게 좀 해달라고 사정하기도 했다. 우리는 그렇게 수녀들을 따라간 여자아이들을 다시 보지 못했다. 어머니에 의하면 수녀들은 그 아이들을 부자들에게 팔아먹었는데, 그중 예쁜 아이는 수양딸로 삼고 못생긴 아이는 하녀로 부려먹는다고 했다.

그날 이후로 나는 그 성녀를 더 자주 보기 시작했다. 성녀는 항상 그림 카드와 똑같은 자태로 내 앞에 나타난다. 마치 하느님의 명령이라도 듣는 것처럼 진지한 표정으로 하늘을 쳐다보고 있고, 하느님을 위해서라면 그 어떤 일도—심지어 여자아이들을 쫓아다니며 괴롭히는 일이라도—마다하지 않겠다는 각오가 엿보인다. 성녀는 결코 나를 쳐다보지도 말을 걸지도 않는다. 하지만 나는 가슴속에서 울려 퍼지는 그분의 음성을 들으면서, 그분이 말하는 대로 행해야 된다는 것을 알고 있다. 무슨 수로 성녀와 논쟁을 할 것이며, 그분이 명령하는 모든 것에 어찌 따르지 않을 수 있겠는가.

내가 겪은 일을 사실대로 이야기하자, 어머니는 아무한테도 말하지 말라고 했다. 아버지의 비명과 마찬가지로 그 사실은 절대 집 밖으로 새어 나가면 안 된다는 이야기였다. 어머니는 성녀가 내게 무슨 말을 했는지 한 번도 묻지 않았지만, 성녀가 나를 데려간 곳에서 돌아올 때마다 나를 빤히 바라보곤 했다. 나는 그녀의 얼굴에서 시기심이 어른거리는 것을 보았다. 자기 대신 나를 선택했다는 것을, 반면 자기에게는 기껏 절망으로 가득 찬 어둠의 그림자들만 나타난다는 것을 깨달은 어머니는 질투심에 사로잡혔다. 어머니는 성녀가 자기에게도 말을 걸어주기를, 기적처럼 휘황찬란한 빛과 아름다움으로 감싸인 성녀의 모습을 보기를 바랐다. 내가 사람을 죽인 것도 아닌데 대체 뭘 잘못했기에 이런 수모를 당해야 한단 말인가.

내가 커갈수록 어머니의 질투도 심해졌다. 성녀가 나를 그렇게 자주 데려갔던 것은 아니다. 하지만 그럴 때마다 성녀는 앞으로 벌어질 일은 물론, 이미 일어났지만 누구도 입 밖에 꺼내지 않는 것들을 내게 이야기해주었다.

그래서 방앗간집 남자가 공동묘지 담벼락 바로 옆 무덤에 묻히게 되고 시장 아들이 말에 차여서 죽게 되리라는 것을, 또한 아돌피나네 세 자매 중 막내가 물에 빠져 허우적거리는 것을 목격하고도 나는 그냥 지켜보기만 하리라는 것을 알게 되었다. 어머니는 나의 예지력을 갈수록 더 시기했다. 가슴속에 끓고 있던 원망으로 인해 더 잔인하고 비열해진 것인지도 모른다. 아니면 원래부터 성격이 모난 편이었지만, 그 일을 계기로 더 심해진 것인지도 모른다. 어머니는 자기가 입던 낡은 원피스를 내게 억지로 입히는가 하면, 쥐 파먹은 것처럼 머리카락 한쪽을 다른 쪽보다 더 짧게 자르거나, 쥐가 물어뜯은 것처럼 뒷머리를 바짝 쳐올리기도 했다. 그뿐 아니라 어머니는 나를 학교에 다니지 못하게 했다. 담임선생님은 내가 공부를 잘하니까 쿠엥카에 가서 학업을 계속할 수 있을 거라고 어머니에게 말했다. 게다가 어머니가 과부이기에 수녀들이 운영하는 기숙사에서 싼 비용으로 지내도록 이야기해볼 수 있을 거라며 설득했다. 하지만 어머니는 끝내 거절하며 이렇게 말했다. 나는 살면서 남한테 아쉬운 소리를 해본 적이 없어요. 그리고 이제 와서 아이 때문에 뭔가를 새롭게 시작할 생각도 없고요.

선생님과 면담을 마치고 집으로 돌아오자, 어머니는 내

게 얼른 세숫대야에 물을 받아 씻고 하라보 부부의 집에 가서 일자리를 구해보라고 했다. 마침 그 집에서 일하는 하녀 중 하나가 결혼하는 바람에 사람을 구하고 있다면서 말이다. 엄마는 부잣집 나리들 집에서 하녀 노릇은 절대 안 할 거라고, 그것만 아니라면 어떤 일이라도 하겠다고 입버릇처럼 말했잖아. 내가 쏘아붙이듯 말했다. 네가 다른 일을 할 줄 알게 되면 더 좋은 일자리를 찾게 될 거야. 어머니는 그렇게 대답했지만, 나는 그 누구도 보살피거나 뒷바라지할 생각이 없었다. 그건 내게 내려진 형벌이나 다름없었다. 어머니가 시중들고 싶어 하지 않던 사람들을 시중드는 것, 아버지가 고개를 숙이고 싶어 하지 않던 사람들에게 고개를 숙이는 것. 우리 가족이 해야 했던 몫의 순종을 내가 모두 떠맡는 것.

결국 나는 그 집에서 열 살 때부터 열아홉 살 때까지 9년 동안 하녀 노릇을 했다. 하라보 부부는 카르멘과 나를 잘 대해줬지만, 언뜻언뜻 무관심 속에 숨겨진 증오를 우리에게 드러내 보였다. 부인이 더 이상 입지 않는 외투를 가위로 갈가리 찢어 아무도 그 천을 다시 쓰지 못하도록 할 때나 주인 나리가 자동차 바퀴에 펑크가 날까 봐 우리더러 집 주변 흙길에 있는 돌멩이를 죄다 주우라고 시킬 때면 그런 모습이 엿보였다. 그 증오심은 긴 역사에 걸쳐 부부의 내면에 지녀온 것이라 굳이 보여주려 애를 쓸 필요조차 없었다. 그들은 분노와 반감이 아닌 무관심과 경멸의 방식으로 우리를 미워했다.

반면 카르멘과 나는 깊은 분노와 반감을 품고 있었다. 분노는 열병처럼 우리의 피를 타고 흘렀다. 카르멘이 내 마음을 분노로 들끓게 만든 건지, 아니면 내가 그녀의 마음을 그렇게 만든 건지는 잘 모르겠다. 때로는 그 집에서 더 오래 일한 데다 나보다 나이가 많은 카르멘이 원인이었던 것 같기도 하고, 또 어떨 때에는 우리 집안의 고약한 성질을 물려받은 내가 원인이었던 것 같기도 하다. 어찌됐든 우리가 서로의 마음속에 있던 증오심에 불을 지핀 것은 사실이다. 그녀는 재단사가 가져오는 양복값이 우리 월급의 두 배나 된다고 속삭였고, 나는 부인이 파리에서 만든 향수만 좋아하기 때문에 싸구려 향수 두 병을 통째로 설거지통에 버려야 했다고 털어놓았다. 하지만 우리가 가장 미워한 사람은 그 집의 맏아들이었다. 그는 마드리드에서 법학을 공부했는데, 자기한테 꼭 필요한 사람만 만나 스페인의 근대화에 관해 열띤 토론을 벌이곤 했다. 스페인을 입에 올릴 때 그들은 가슴속에 뜨거운 피가 끓는 듯 열변을 토했다. 맏아들은 특히 산과 사냥을 좋아해서 매년 여름마다 여기로 내려와서 지냈다. 죽은 자고새를 허리춤에 매단 채 대문으로 들어오곤 했는데, 그 모습을 볼 때마다 카르멘과 나는 증오심이 가슴속에서 발진처럼 일어나는 것을 느꼈다. 하지만 그는 교통사고로 이른 나이에 세상을 떠났다. 부모는 가족묘에 그를 묻어주었는데, 공동묘지에서 가장 큰 규모를 차지하는 곳이었다. 막내아들은 아직 어린애에 지나지 않았지만, 벌써부터 버릇이 없고 건방진 티가 났다.

가끔 부인은 맏아들이 잡아 온 자고새를 요리하라고 시켰다. 우리는 하는 수 없이 깃털을 죄다 맨손으로 뽑아야 했다. 그럴 때마다 수치스럽고 역겨워 속이 뒤집힐 것만 같았다. 하지만 우리가 침을 뱉은 소스를 싹싹 긁어 먹는 그들의 모습을 보면서 웃겨 죽을 뻔하기도 했다. 카르멘이 뱉은 큼지막한 가래 덩어리가 기름 위에 둥둥 떠다니는 바람에 우리는 그것을 숟가락으로 저어 풀어야만 했다. 사냥에서 잡은 고기 맛은 그 어디에도 비할 수 없다니까. 부인이 말했다. 그럴 때마다 카르멘과 나는 부엌문 뒤에 숨어 터져 나오는 웃음을 간신히 참았다.

돌이켜보면 내가 카르멘과 친한 친구 사이가 된 것도 가래침 사건 덕분이었던 것 같다. 그녀는 찢어지게 가난한 집안에서 태어났지만 사랑을 듬뿍 받고 자랐다. 그러한 성장 과정은 그녀의 성격에서 잘 드러났다. 카르멘은 어머니와 나처럼 몸속에 나무좀이 살고 있지 않았고, 따라서 우리 자신은 물론 남들에게도 쉰 틈을 주지 않는 가려움증에 시달리지도 않았다. 반두리아* 연주하는 법을 귀동냥으로 얻어 배운 그녀의 아버지는 오랜 연습과 노력 끝에 순례 행렬과 무도회에서 흥을 돋우고 집에 찾아온 모든 이들을 밤새워 즐겁게 해주는 사람이었다. 그녀의 어머니는 과묵했지만, 민요를 많이 알았다. 옆에서 민요 한 자락이라도 해달라고 조르면 수줍은 듯 뺨을 붉히며 나직한 목소리로 부르기 시작하다가, 조금만 지나면 여유 있는 표정을 지으며 한 번도 막히지도 않고 구성지게 뽑아 올리곤 했다. 그러니 카르멘이 어린 시절의 흔적을 어떻게 버릴 수 있었겠는가. 반면 나는 내 어머니를 제대로 본 기억이 거의 없다. 내가 주인집 식구들이 먹을 저녁을 차려놓고 집에 돌아오면 어머니는 이미 잠들어 있었다. 아침에 일어나 마주치면 겨우 몇 마디 말만 주고받았을 뿐이다. 어머니로 인해 내가 온 집안의 형벌을 대신 받고 있었지만 질투심은 계속해서 그녀의 내면을 갉아먹었다. 그때 나는 어머니가 나를 절대 용서하지 않으리라는 것을 확실히 깨달았다. 악마들의 유혹에 넘어간 어머니는

---

* 12현으로 된 작은 기타의 일종.

성녀가 자기 대신 나에게 말을 건다고 생각했기 때문이었다. 그뿐 아니라, 어떤 일이 실제로 일어나기도 전에 내가 모든 걸 다 알고 있다는 것을 깨닫고는 속이 뒤틀려 견디지 못했다. 또한 그녀는 간 파열로 사망한 시장 아들을 무덤에 묻었을 때 내가 전혀 놀라지 않았다는 것, 그리고 내가 주인 나리의 심부름으로 아돌피나네 집에 들른 직후에 막내딸이 수영장에 빠져 죽은 채 발견되었다는 소식을 듣자 부아가 끓어올라 견딜 수 없어 했다.

내가 페드로를 처음 만났을 때, 어머니의 분노와 적개심은 이미 극에 달해 있었다. 어느 날 그는 땀에 흠뻑 젖고 셔츠에 그을음이 잔뜩 묻은 모습으로 하라보 부부네 집 대문 앞에 나타났다. 주인 나리가 가스쿠에냐*에 소유한 창고에서 불이 나서 갓 수확한 포도들을 포함해 그 안에 있는 모든 것이 타버렸다고 했다. 그는 부엌 의자에 앉아 주인 나리가 도착하기만을 기다렸다. 나는 그에게 물주전자를 갖다주고 마당으로 나갔다. 그가 타고 온 노새는 시근덕시근덕 가쁜 숨을 몰아쉬고 있었다. 최대한 빨리 오려고 녀석을 호되게 채찍질했던 모양이었다. 나는 가여운 노새를 그늘 아래로 데려간 다음, 우물에서 시원한 물 한

* 쿠엥카에 있는 소도시.

통을 펴서 갖다주었다. 걱정 마세요. 그 정도는 충분히 견딜 수 있는 녀석이니까요. 그가 문간에 서서 내게 말했다. 노새를 심하게 때리면서까지 서두를 필요는 없었잖아요. 창고가 이미 다 타버렸는데 조금 더 빨리 도착한다고 한들 무슨 소용이 있겠어요? 그는 내 말을 듣자 노새에게 다가가 등을 부드럽게 쓰다듬어주었다. 주인 나리가 가진 모든 것이 다 잿더미가 될 것만 같더라고요. 그가 말했다. 내가 명색이 관리인인데 만약 주인 나리가 오늘 상당한 재산을 잃어버렸다는 사실을 다른 이를 통해 알게 된다면 나는 영원히 수모를 당하게 될 테고 앞으로 일도 못할 거예요.

그날 이후, 페드로는 자꾸 하라보 부부의 집으로 찾아왔다. 처음에는 으레 와인 양조장에서 처리하던 문제를 주인 나리의 집에서 의논드릴 거라는 핑계를 대고 찾아왔지만, 조금 지나자 더 이상 구차한 변명을 늘어놓지 않고 곧장 나를 만나러 오기 시작했다. 그는 부엌문으로 들어와 앉아 내가 콩을 까거나 케이크를 반죽하는 모습을 지켜보았다. 그럴 때면 카르멘은 조용히 웃으며 우리 둘만 있을 수 있도록 자리를 피해주었다. 그러던 어느 날, 카르멘은 내 팔을 잡으며 페드로에게 이미 여자 친구가 있다는 소식을 전해주었다. 사람들한테 전해들은 바에 따르면 그는 가스쿠에냐 출신의 여자와 결혼할 예정이고, 결혼 준비도 모두 마쳤다고 했다. 그 이야기라면 나도 성녀한테 들어서 알고 있었다. 그뿐 아니라 성녀는 페드로가 그 아가씨와 결혼하지 않으리라는 것도 알려주었다. 성녀에 의하면, 결국 그와 결혼하게 될 여자는 바로 나였다.

그는 일요일 오후마다 나를 만나러 왔다. 그때쯤 부엌을 다 치우고 저녁 준비를 마치고 나면 부인은 하녀들에게 자유 시간을 주었다. 우리는 길가에서 노닐거나 산에 갔다가 흙 묻은 옷에 땀투성이가 된 채 집으로 돌아왔다. 그러자 마을 사람들은 늘 그랬던 것처럼 수군거리기 시작했다. 이 불행한 자들은 마을에서 무슨 일만 생겼다 하면 잠자코 있을 줄을 몰랐다. 카르멘은 머리가 잔뜩 헝클어지고 뺨이 불그스레해진 채 산에서 내려오는 나를 보았다는 소문이 마을에 돈다고 귀띔해주었다. 그리고 내가 으슥한 밤이면 큰길 대신 일부러 산길을 따라 집에 갔다는 것도 다들 알고 있다고 했다. 하긴 여자들 등골이나 빼먹고 사는 포주의 딸에게 뭘 기대할 수 있겠는가. 어머니는 자기가 좋은 집안 출신이라도 되는 듯이 몇 년이나 상복을 입고 정숙한 과부인 척하고 살았지만, 나는 어릴 때부터 어머니에게서 뻔뻔하게 사는 법을 배우며 자랐다.

어느 날 오후, 나는 페드로를 데리고 바위들 사이에 있는 물웅덩이로 가서 그의 옷을 벗겼다. 사실 한 번도 그의 벗은 몸을 제대로 본 적이 없었다. 여태 그의 셔츠를 올리고 바지를 내리는 사이에 신체 부위가 어떻게 생겼는지 언뜻 짐작만 해왔을 뿐이다. 나는 그의 단단한 상체와 딱 벌어진 등이 마음에 든 한편, 그는 욕망에 사로잡혀 어쩔 줄 몰라 안절부절못하는 내 모습을 좋아했다. 나는 땅바닥에 누워 그에게 몸을 내맡겼다. 그는 내 몸을 차지했다는 사실에 뿌듯한 기쁨을 느꼈다. 나는 이제 앞으로 무슨 일이 일어날지 훤히 알고 있었다. 부엌 천장에서 그 장면을 똑똑히 보았기 때문이다. 그날 오후 내 몸속에는 새 생명이 잉태될 것이었다.

페드로는 애초에 나와 결혼할 생각이 없었지만, 절대 그 사실을 입 밖에 내지 않았다. 그는 누구를 비난하거나 탓하지 않고 평소처럼 당당하게 자신의 책임을 받아들였다. 그는 자기 살림살이를 노새에 싣고 우리 집에 와서 어머니와 나와 함께 살았다. 나는 혹시라도 하녀가 임신했다는 소문이 돌까 봐 하라보 부부 집에서 하던 일을 그만두었다. 페드로는 계속 관리인으로 일했기 때문에 다른 사람들과 원만한 관계를 유지해야 했다. 우리는 하객도 없이 밤에 결혼식을 올렸다. 그렇게 도둑 결혼을 하다 보니 피로연도 열지 않았고 워낙 수치스러운 일이라 떠들

썩하게 축하할 일도 없었다. 어머니는 내 드레스를 손수 바느질해주었는데 상중이라 검은색으로, 그리고 수치스러워서 일부러 헐렁하게 만들었다.

5

할머니의 말이 맞다. 할머니가 귀에 못이 박히도록 이야기했지만, 내가 이 집에 갇힌 신세라는 말을 나는 끝내 믿지 않았다. 나는 언젠가 이 집을 떠날 수 있으리라고, 다들 그랬던 것처럼 이 빌어먹을 마을을 떠나게 되리라고 생각했다. 이제 여기에는 내 또래가 한 명도 남지 않았다. 그도 그럴 것이 갈 만한 이들은 모두 마드리드로 떠나버렸고, 일찍이 떠난 이들 중 일부는 공부하러 쿠엥카에, 나머지는 공사 현장이나 메르카도나* 아니면 사라**에 일자리를 얻어 타지로 떠났기 때문이었다. 여기 남은 사람들이라고는 다 죽어가는 노인들밖에 없었다. 나도 다른 이들처

---

* 1975년 정육점에서 시작한 스페인의 대표적인 대형 슈퍼마켓.

** 1975년 스페인 갈리시아에서 문을 연 패스트 패션 의류 업체.

럼 이곳을 떠날 줄 알았지만, 곧 그게 아니라는 것을 깨달았다. 결국 할머니의 말이 옳았다는 것을 말이다. 우리 집안 여자들은 어떤 이들이 우리를 데려가는 경우—내 경우는 감옥에 갇혔을 때, 어머니의 경우는 어디론가 끌려갔을 때—만 여기서 빠져나갈 수 있었다.

나는 현관문에 서서 어머니를 봤다. 어머니는 내게 말을 걸지도, 나를 힐끗 바라보지도 않았다. 그런데도 왠지 나를 꿰뚫어 보는 듯한 느낌이 들었다. 그녀가 안으로 들어가겠다고 손짓하자, 나는 옆으로 비켜섰다. 그녀는 소리를 내거나 누군가를 깨우지 않으려는 듯 천천히 걸음을 옮겨 어두운 현관 안으로 들어왔다. 그러더니 나를 지나쳐 계단으로 향했다. 그녀가 몸을 돌리는 순간 길고 검은 머리카락이 내 팔을 스치며 경고, 아니 어쩌면 확신과도 같은 전율이 내 등골이 타고 흘러내렸다. 나는 그녀가 내 어머니라는 것을 알았지만, 동시에 그런 문제 따위가 전혀 중요하지 않은 곳에서 온 존재라는 것 또한 알아차렸다.

할머니는 계단 끝에서 우리를 내려다보고 있었다. 할머니는 아무 말 없이, 이 집처럼 가만히 있었다. 그 순간 할머니가 내게 달려들 것만 같은, 당장 계단 꼭대기에서 거대한 거미처럼 내려와 덮칠 것만 같은 느낌이 들었지만 다행히 그러지는 않았다. 늘 그랬듯 할머니는 나를 빤히 바라보며 내 머릿속에서 생각을 끄집어내고 이 집의 다른 존재들의 생각을 집어넣으려 애쓰는 것으로 만족했다. 물론 일이 할머니의 의도대로 이루어질 때도 종종 있었다. 그럴 때면 내 뇌를 긁는 듯 딸깍딸깍딸깍하는 소리가 들리다가 갑자기 전에는 전혀 생각지 못한 것이 떠오르곤 했다. 이제 할머니는 더 이상 그렇게 하지 않는다. 모든 일이 일어나 우리가 서로의 마음을 이해하게 되었을 때부터 할머니는 더 이상 그럴 필요가 없다.

어머니는 계단 밑에 이르자 층계를 오르기 시작했다. 할머니는 내게서 시선을 떼고 어머니를 바라보았다. 할머니의 얼굴에는 아무 감정도 드러나지 않았다. 마치 마당에 걸린 전구 주변을 날아다니는 모기를 한번에 덮쳐서 잡아먹으려 꼼짝도 하지 않는, 한 마리의 반짝이는 거대한 거미처럼 보였다. 어머니가 아무런 예고도 없이 불쑥 집으로 돌아왔지만 할머니는 전혀 놀라지 않은 눈치였다. 어쩌면 어머니가 거리를 배회하는 모습을 이미 보았던 건지도 모른다. 어쩌면 예전에 성녀가 어머니를 데려간 자의 이름과 어머니의 종적이 영원히 사라져버린 마지막 장소를 정확히 알려준 것처럼, 어머니가 돌아온다는 소식을 미리 말해주었던 건지도 모른다. 어쩌면 할머니는 오랫동안 살면서 기괴한 일들을 너무나 많이 겪었기 때문에 사라진 딸이 어둠 속에서 불쑥 나타나도 전혀 놀랍지 않은 건지도 모른다.

계단 끝에 도착한 어머니는 할머니를 지나쳐 곧장 방으로 들어갔다. 한동안 멍하니 서 있던 나는 그제야 정신을 차리고 최대한 빨리 어머니를 쫓아 올라갔다. 집은 기다렸다는 듯이 상황을 조용히 지켜보고만 있었다. 이 집이 함정이라는 할머니의 말이 맞다. 이 집은 사냥꾼들의 막된 자식들이 산에 놨다가 까맣게 잊어버리는 바람에 몇 년 동안이고 잡초 속에 숨어 절커덕하고 닫히는 순간을 기다리고 있는 덫과 같다.

방으로 따라 들어가자, 어머니가 옷장 앞에 서 있었다. 나무판자가 삐걱거리더니 불안해서 어쩔 줄 모르겠다는 듯이 옷장이 앞으로 몇 센티미터 정도 움직였다. 내가 미처 손을 쓸 겨를도 없이 어머니는 옷장 안으로 들어갔고, 이내 문이 쾅 닫혔다. 나는 곧장 문을 열었다. 하지만 안에는 나프탈렌 냄새가 코를 찌르는 할머니의 치마와 블라우스밖에 보이지 않았다. 네 엄마는 아무 데도 가지 않았으니까 너무 걱정하지 말거라. 내 뒤에 있던 할머니가 말했다. 나는 할머니의 말에 수긍하기는커녕 분한 생각이 들어 옷장 안을 뒤지기 시작했다. 그런데 바로 그 순간, 아래층에서 쾅쾅거리는 소리가 두 번 들렸다. 누군가가 문을 두드리고 있었다. 그러자 몸속에서 장이 쪼그라들고 심장이 재빨리 달아나는 말처럼 두방망이질을 해대기 시작했다. 문을 두드리는 방식이 아까 전과 똑같았다. 나는 아래층으로 내려간 할머니가 문을 열어주기를 기다리며, 옷장 서랍을 여닫았다. 서랍 밑바닥에서 나를 빤히 쳐다보고 있을 어머니의 얼굴을 찾기라도 바라는 것처럼 말이다. 그런데 그때 뒷마당에서 고양이들을 부르는 할머니의 목소리가 들렸다. 나는 당장 계단을 내려가 현관문 앞에 멈춰 섰다. 아직 문을 열지 않았지만, 그곳에 어머니가 있으리라는 것을 알았다.

그녀는 조금 전과 똑같은 움직임을 하나씩 반복했다. 나를 쳐다보지도 않고 계단을 올라가 방으로 들어가더니 옷장을 열고 그 안으로 사라졌다. 이번에 나는 그녀를 쫓아가지 않고 그 자리에 멍하니 서 있었다. 아래층에서는 나무가 삐거덕거리는 소리, 경첩이 삐걱하는 소리, 그리고 다시 문이 쾅 닫히는 소리가 거듭 들렸다. 여태껏 어머니는 내게 오래된 사진 속의 십대 소녀, 할머니의 입에서 튀어나오는 저주나 욕설에 지나지 않았다. 심지어 빈틈이라고조차 할 수 없었다. 그러려면 애초에 구멍이 존재했어야 할 테니까 말이다. 그런데 지금 그녀는 한 번도 사라진 적이 없었던 것처럼, 혹은 매일같이 사라져버려 우리의 마음이 갈가리 찢어지는 고통을 하루하루 느껴야 하는 것처럼 다시 돌아왔다. 그리고 그때부터 나는 작은 구멍처럼 작디작은 빈자리를 느끼기 시작했다.

나는 할머니의 소리를 듣고 정신을 차렸다. 뒷마당에 있다 들어온 할머니가 부엌을 분주하게 돌아다니는 소리였다. 집 안이 너무 조용했던 터라 할머니가 발을 질질 끌며 이리저리 움직이는 소리와 부엌 찬장에 사는 어둠의 그림자가 할머니의 머리카락을 뽑으려고 손을 살짝 내민 것을 눈치채고 숨죽여 욕하는 소리까지 다 들렸다. 망할 것 같으니. 네가 아직 죽지만 않았더라면 내 손으로 죽였을 거야. 할머니가 씩씩거리며 말했지만 아무 소용이 없었다. 까마득한 심연의 지옥에서 여기까지 기어온 어둠의 그림자를 무슨 수로 을러댈 수 있단 말인가. 잠시 후, 할머니가 복도에 나타났다. 그녀는 내 옆을 지나쳐 현관문으로 걸어갔다. 두려움으로 잔뜩 움츠러든 몸이 말을 듣지 않은 탓에 현관문을 닫지 못하고 내버려둔 채였다. 할머니는 치마 주머니에서 묵주를 꺼내더니 집 정면을 타고 올라가는 포도나무 덩굴에 걸어두었다.

할머니가 분명 무언가를 알고 있다는 것, 그러면서도 굳게 입을 다물고 있다는 것, 오랜 세월 동안 침묵을 지켜왔다는 것을 깨닫고 분노가 온몸을 휩싸기 시작했다. 여기서 나가게 하려는 거야? 나는 마음속에 품고 있던 독기를 한꺼번에 내뿜듯이 물었다. 이번에는 거꾸로 내가 할머니에게 거대한 거미처럼 덤벼들 명분을 주기를 내심 바라면서 말이다. 너도 알겠지만, 그것들을 여기서 쫓아낼 방법은 없단다. 하지만 이렇게 하면 적어도 우리를 더 이상 괴롭히지는 않을 거야. 할머니는 그렇게 말하고 들어오며 현관문을 닫았다. 머릿속이 극도로 혼란스럽게 뒤엉켜 내 안에 있던 작은 구멍은 갑자기 움푹이 꺼진 구덩이와 늪과 수렁으로 변해버린 듯했고, 나는 할머니의 팔을 덥석 잡으며 물었다. 지금 여기서 뭘 하고 있는 거지? 그렇게 오랫동안 어디서 뭘 하다가 이제야 나타난 거냐고? 지금 온 게 아니란다. 할머니는 내 손을 뿌리치며 대답했다. 나는 그녀의 팔을 놓아주고 부엌으로 따라갔다. 가슴속에 일던 분노가 점점 더 뜨겁게 끓어오르면서 이빨 사이로 새어 나오고 있었다. 지금 온 게 아니라니, 그게 무슨 소리야? 내가 당장 할머니에게 달려들어 족제비같이 생긴 그 얼굴을 할퀴는 것을 막을 수 있는 유일한 방법은 할머니가 굳게 입을 다문 채 숨겨온 것을 솔직하게 털어놓는 것밖에 없었다. 그 아인 오래전부터 여기 있었어. 그자들이 데려간 직후에 다시 돌아왔으니까.

나는 식탁에 앉아 방금 끓인 냄비를 옆으로 확 밀쳤다.

결국 할머니는 냄비를 씻어 다시 스튜를 만들어야 했다. 남은 국물이 방수 식탁보 위로 쏟아지면서 기름진 웅덩이를 만들었다. 그걸 보자 울컥 구역질이 올라왔다. 그런데 난 왜 지금까지 한 번도 엄마를 못 봤던 거지? 나는 할머니에게 물었다. 하지만 가슴에 솟구치던 분노는 이미 구역질로, 괴로움으로, 무엇인지 알 수 없는 무언가로 변해버려 할머니의 얼굴을 할퀴고 싶은 충동은 더 이상 들지 않았다. 왜 그것들이 우리 눈에 보이는지 당최 모르겠어. 할머니가 말했다. 어둠의 그림자들이 왜 어떨 때는 구석의 숨소리로만 있다가 어떨 때는 짐승처럼 미쳐 날뛰는지, 그리고 왜 어떨 때는 오한과 전율로만 나타나다가 또 어떨 때는 우리 몸속 깊은 곳까지 파고드는지 모르겠구나. 할머니는 나무 숟가락으로 국을 떠서 입에 넣었다. 하지만 국물이 입가로 흘러내려 턱 끝에 기름진 자국을 남겼다. 이제 할머니는 거대하고 위엄 있는 벌레가 아니라, 안쓰러우면서도 조금 혐오스럽지만 두렵지는 않은—그렇다, 결코 두렵지는 않았다—여타 할머니들이나 다름없는 노인네처럼 보일 뿐이었다.

나는 부엌을 나와 방으로 올라가 침대에 벌러덩 누웠다. 침대 맞은편 옷장은 이제 흔들리거나 삐거덕거리지 않고 잠잠해진 듯했다. 어머니의 모습은 더 이상 보이지 않았지만, 나는 어머니가 거기에 있다는 것을 느낄 수 있었다. 얕게 내쉬는 숨결로 둔감한 그녀는 내 곁을 몇 번이고 시나가다 방을 가로질러 옷장 속으로 사라졌다. 주의를 기울이면 계단을 올라오는 발소리, 문손잡이가 돌아가는 소리, 그다음 순간 문이 열리면서 삐걱하는 경첩 소리를 들을 수 있었다. 눈을 감자 방 안 공기가 탁해지는 듯했다. 마치 누군가가 침대 한 모서리에 앉아 그쪽이 살짝 기울어지는 느낌이 들었다. 나는 눈을 뜨고 자리에서 벌떡 일어나 어머니를 찾기 시작했다. 하지만 침대 밑으로 미끄러지듯 기어 들어가는 검은 머리카락만 보일 뿐이었다.

어렸을 때, 나는 이런 속임수에 여러 번 속았다. 그것들은 즐겁고 명랑한 노래를 부르며 나를 꾀어내곤 했다. 그러면 나는 이불을 젖히고 일어나 그것들을 쫓아갔지만, 몇 시간 후면 몸 여기저기에 할퀸 자국이 난 데다 옷이 찢어진 채로, 겁에 잔뜩 질린 얼굴을 하고 돌아왔다. 하지만 아무것도 기억나지 않았기 때문에 그사이 무슨 일이 있었는지 도통 알 수가 없었다. 이제는 침대 모서리에 걸터앉은 것도, 침대 밑으로 미끄러지듯 기어 들어간 것도 내 어머니가 아니라는 것을 분명히 안다. 어머니는 나를 보살펴주기 위해서 내가 자는 동안 곁을 지키기 위해서 꿈나라에 간 내 머리를 쓰다듬어주기 위해서 돌아왔던 것이 아니다. 사실 그녀는 나를 갖고 싶어 한 적조차 없었다. 당치도 않은 사람의 아이를 가지게 되었고, 원치도 않는 아기를 낳은 멍청한 십대 소녀였을 뿐이다. 방금 내가 본 것은 어머니가 아니라, 그들에게 끌려갈 때 겪었던 극심한 공포 이후 그녀에게서 남은 것이었다.

잠에서 깨어나자 방은 어둠에 잠겨 있었다. 내가 잠든 사이 할머니가 페르시아나를 내려둔 모양이다. 몇 시간이나 지났는지 모르지만, 베개가 땀으로 흠뻑 젖어 있었고 위는 허기로 쪼그라든 것 같았다. 방 안 공기는 오랜 세월 닫혀 있다 갑자기 열린 방이나 지하실처럼 여전히 답답하고 무겁기만 했다. 사물들 또한 여전히 제자리에 있긴 했지만, 더 이상 사물이 아니라 사물의 그림자에 지나지 않았다.

나는 침대에서 일어나 복도로 나갔다. 아래층에서 할머니가 묵주기도를 드리며 고통의 화요일* 기도문을 중얼거리는 소리가 들렸다. 제일 먼저 배반이 나오고, 매 맞으심이 그 뒤를 잇는다. 그리고 가시관이 나온 다음, 십자가와 돌아가심으로 이어진다. 은총의 어머니이자 자비의 어

* 가톨릭교회에서 화요일에 드리는 묵주기도인 '고통의 신비'를 가리킨다. 기도문이 5단으로 구성되어 있다.

머니이신 마리아여, 우리의 적으로부터 우리를 지켜주소서. 당신의 천사들을 그들에게 보내시어 밭을 메마르게 하고 보리에 낟알이 생기지 않고 포도나무에 포도가 열리지 않게 하여 그들이 죽은 뒤에도 쉬지 못하게 하소서. 나는 아래층으로 내려가 부엌을 통해 뒷마당으로 나갔다. 어머니가 다시 문을 두드릴지 몰라 현관에 있고 싶지 않았기 때문이다. 나는 땅에 묻을 딸의 육신조차 없이 오랜 세월 동안 그 고통 그 슬픔을 품고 살아온 할머니가 그랬던 것처럼 어머니가 거듭 눈앞으로 스쳐 지나가며 계속 똑같은 움직임을 반복하는 것을 보고 싶지 않았다. 순결하신 동정녀시여. 우리에게 휴식이 주어지지 않는 이상, 그들에게도 휴식을 주지 마옵소서.

나는 여태껏 이 집이 그래왔던 것처럼 어머니가 내 눈에 보이지 않도록 어딘가에 감추어주기를, 그래서 내가 방금 본 것 또한 예전에 반쯤 열린 문 뒤에서 얼핏 지나간 환영에 지나지 않기를, 또한 그 안에 있는 것이 나를 위한 것이 아니라 할머니를 위한 것인 이상, 이제는 옷장 문이 닫혀 다시는 열리지 않기를 바랐다. 어머니의 환영은 내 몸속으로 단지 조금 파고들 수 있었을 뿐이다. 따라서 그건 내가 아니라, 할머니에게 난 구멍이었다. 딸의 육신이 아직도 어느 가시덤불 속에 어느 낭떠러지에 어느 구덩이

속에 남아 있는 동안, 그런 짓을 저지른 자는 아무 대가도 치르지 않고 편히 살고 있다는 고통을 죄책감을 슬픔을 가슴이 갈기갈기 갈기갈기 갈기갈기 찢어지는 아픔을 겪어야만 했던 할머니에게 말이다.

할머니에게서 그 구멍을 본 순간, 나는 할머니의 무자비함 비열함 독살스러움 쓰라림을 이해할 수 있었다. 게다가 그것은 내 어딘가에 달라붙어 자라기 시작한 것이 틀림없었다. 왜냐하면 병이 나은 뒤 하라보 부부의 집에 갔을 때, 모든 것이 전혀 예전 같지 않았기 때문이었다. 그 남자아이는 여느 때와 마찬가지로 버릇없이 굴었고, 부인도 여느 때와 다름없이 나를 대했지만, 나는 더 이상 그들을 견딜 수 없었다. 더 이상은 불가능했다. 날이 갈수록 어둠이 더 커지면서 내 몸을 뒤덮었다. 그러자 할머니는 내게서 그런 조짐을 알아차렸는지, 어느 날 아침 이제 때가 왔다고 말했다. 나도 그 말이 사실이라는 것을, 드디어 때가 왔다는 것을 알고 있었다.

나는 하루 온종일 그 아이와 함께 보냈다. 오전 9시에 도착했는데, 어느덧 밤 12시가 넘었고 하라보 부부는 아직 돌아오지 않은 채였다. 부인은 마드리드에서 돌아오기 전에 내게 연락해 방금 친구들과 저녁 식사를 마치고 차에 타려고 하는데, 대략 한 시간 반 후쯤이면 도착할 거라고 했다. 그녀는 조금 취한 것 같았고 목소리도 평소보다 더 높았다. 나는 그런 목소리는 물론, 일부러 있는 체하려고 's'를 불분명하게 발음한다든지 시골뜨기처럼 코미오 칸사오 아코스타오*라고 말하지 않으려고 과거분사 끝에 억지로 'd'를 넣는 것이 극도로 싫었다. 나는 그녀가 탄 차가 충돌하거나 길모퉁이에서 구르기를, 아니면 적어도 무슨 일이든 일어나 그녀에게 겁을 주기를 내심 바랐다. 아이의 아버지 또한 아직 돌아오지 않았지만 늘 그렇듯 전화 한 통 없었다.

그 아이는 오후 내내 화를 참지 못하고 짜증을 부렸다. 원래 사소한 일에도 참지 못하고 발끈 성을 내는 응석받이였지만, 그날은 특히 심했다. 심지어 음식이 담긴 접시를 바닥에 내동댕이치고 유리잔을 내 머리에 던지는가 하면, 자기 엄마가 식탁에 올려놓은 장미 꽃다발을 망가뜨려놓기도 했다. 나는 그 아이의 행동에, 부부가 내게 던져주는 쥐꼬리만 한 봉급에, 그리고 부자들이 자기들 밑에서 일하는 이들에게 말할 때면 늘 그렇듯 혐오스러우면서도 너그럽게 나를 대하는 목소리에도 이제 진절머리가 났다.

---

* 코미오(comío), 칸사오(cansao), 아코스타오(acostao)는 각각 '먹다', '피곤하게 하다', '눕히다'의 과거분사 형태이다. 원래는 comido, cansado, acostado이지만 지역에 따라 모음 사이의 'd'가 탈락되는 경우가 있다.

성질 같아서는 그 녀석의 귀뺨을 올려붙이고 싶었다. 버릇없이 굴고 멍청한 짓을 하면 당장 귀싸대기를 갈겨서 화장실에 집어넣고 불을 꺼버린 다음, 입을 다물어 조용해질 때까지, 아니면 세면대에 머리를 박아 쪼개질 때까지 안에 가두고 싶었다. 하지만 나는 과르디아 시빌에게 그런 속내까지 털어놓지는 않았다. 그 아이는 잠시도 가만히 있지 못해요. 항상 혼자서 모든 걸 알아내려고 한다니까요. 나는 과르디아 시빌에게 그렇게 말했다. 그 아이가 화를 참지 못하고 짜증을 부릴 때면 그가 다니는 사립학교 선생들도 그의 부모들에게 그렇게 말한다. 그런 말을 들으면 그의 부모들은 자기 아이가 컴퓨터 공학이나 로봇공학에 혁명을 일으킬 재목이라고 믿지만, 사실 그건 아무도 녀석을 감당해낼 수 없다는 말이다. 나는 그 아이를 재우려고 한 시간 넘게 씨름했지만 결국 아무 소용이 없었다고 과르디아 시빌에게 말했다. 그래서 밤 11시에 바람을 쐬기 위해 방에서 나가기로 했다고 말했다. 우리 둘 모두 짜증 나고 지친 상태라서 아이 혼자 몇 분 동안 장난감을 가지고 놀게 두는 것이 좋을 것 같더군요. 잠시 후에 다시 올라가 재울 생각이었죠. 나는 그 틈을 이용해 아래층으로 내려가 쓰레기를 버렸어요. 그날 날씨는 무더웠고 공기는 무겁고 건조한 데다 바람 한 점 불지 않았죠. 쓰

레기를 다 버리고 나서 냉장고에서 시원한 물이라도 꺼내 마시려고 부엌으로 갔어요

나는 이렇게 말했다. 그때 현관문을 열어둔 채 그대로 들어갔던 것 같기는 한데, 기억이 잘 나지 않아요. 잠시 부엌에 앉아 휴대전화를 보았어요. 밤 11시 반에 아이의 어머니에게 다시 전화가 걸려와 집에 도착하려면 아직 한 시간 정도 더 걸릴 거라고 하더군요. 아이 아버지는 여전히 감감무소식이었고요. 왓츠앱*을 확인했지만, 그가 보낸 메시지는 없었으니까요. 그동안 집 안에서는 딱히 어떤 이상한 소리도 들리지 않았어요. 물을 다 마시고 다시 아이를 재우려고 방으로 올라갔죠. 그런데 아이가 온데간데없는 거예요. 아이를 여러 번 불렀는데 아무 대답도 없기에 그 방은 물론, 부모의 방도 샅샅이 살펴봤다고요. 그때만 해도 아이가 어디에 숨어 있거나, 아직 잠이 안 와서 어디선가 놀고 있을 거라고 생각했어요. 그래서 집 안을 모조리 뒤졌죠.

나는 이렇게 말했다. 혹시 내가 위층에 있는 동안 아이가 아래로 내려왔을지도 모른다는 생각이 들더군요. 그래서 재빨리 아래층으로 내려와 식당과 부엌을 살펴보았죠.

* WhatsApp. 메타에서 운영하는 메신저 앱.

그사이 시간이 얼마나 흘렀는지 모르겠지만, 그렇게 많이 지나지는 않았을 거예요. 사실 나는 아이가 숨바꼭질 장난을 치고 있다고 생각했던 터라 언제라도 내 앞에 나타날 줄 알았어요. 하지만 그동안에도 아이를 계속 찾으러 다녔죠. 그런데 현관을 지나치는 순간, 문이 열려 있다는 것을 깨달았어요. 밖으로 뛰어나가 좌우를 두리번거렸죠. 그 무렵이면 길거리에 지나다니는 차도 거의 없어요. 하지만 아이가 집 밖에 혼자 있을까 봐 걱정이 되더군요. 그래서 큰 소리로 아이를 부르기 시작했죠. 답답한 마음에 거리를 이리저리 걸어 다니다, 혹시 어디 숨어 있을지도 모른다 싶어 수풀이랑 쓰레기통 안까지 다 뒤져보았다니까요. 갈수록 마음이 불안해지더군요. 예전에도 녀석은 자주 내 눈을 피해 숨곤 했지만, 집 밖으로 나간 적은 한 번도 없었거든요. 그러다 결국 긴급 구조대에 연락했어요.

나는 그날 아침 할머니가 내게 써준 그대로 쉼표와 마침표와 짧은 문장을 이용해서 차분하게 말했다. 그들은 저마다 다른 질문을 했지만, 나는 같은 말을 반복할 수밖에 없었다. 다만 내가 답변할 말을 외웠거나 미리 철저하게 준비했음이 드러나지 않도록 단어 몇 개와 세부 사항 일부를 바꾸었다. 몇 시간쯤 지나서 순순히 집에 보내준 걸 보면 내가 대답을 꽤나 잘했던 모양이다. 하지만 그들은 이틀 뒤에 내게 연락해 다시 신문받았던 곳으로 오라고 했다. 이틀 전에 했던 말이 모두 기억나지도 않았던 데다, 똑같이 대답할 수 있을지 자신이 없던 터라 신경이 잔뜩 곤두섰다. 그들의 표정으로 보아서는 무언가 수상한 점을 발견한 것 같았다. 그래서인지 그들은 전처럼 나를 쉽사리 보내주지 않았다. 가만히 돌이켜보면, 그들은 아무 단서도 찾지 못했기 때문에 나를 불안하게 만들어 무슨 말이든 하게 만들려는 심산이었던 것 같다. 그런데 그들은 내가 일부러 문을 열어놓았는지, 아이를 속여 집 밖에 나가도록 했는지, 아이를 데려가기 위해 할머니가 거리에서 기다리고 있었는지 알 도리가 없었기 때문에, 지하 감옥에 있는 동안에도 나는 시종일관 침착한 태도를 잃지 않았다.

6

우리 집안 여자들은 죄다 일찍이 홀몸이 되었다. 반면 남자들은 교회의 촛불처럼 스러져갔다. 이 집안 여자들이 결혼하고 나면, 얼마 지나지 않아 남자들은 손으로 아무리 열심히 비벼 빨아도 사라지지 않는 얼룩만 침대 시트 테두리에 남기고 사라졌다. 어머니의 말에 의하면, 이 집은 남자들이 죽을 때까지 속을 말려버린다고 했다. 나는 그 사실을 잘 알고 있었다. 아버지를 보기 위해 어머니와 내가 벽돌을 뜯어냈을 때, 그는 지푸라기처럼 바짝 말라 있었으니까. 내가 여덟 살 때, 마틸데네 막내 계집아이 때문에 화가 머리끝까지 난 채 집에 돌아온 날이었다. 그 아이는 내 아버지가 전쟁에서 죽은 것이 아니라, 매춘부들 중 하나와 눈이 맞아 달아난 거라고 했다. 잘난 척하는 그 계집애가 뭐라고 하든 신경 쓰지 마. 어머니가 말했다.

허구한 날 밀고나 일삼는 그놈의 집안 때문에 지금까지 얼마나 많은 사람들이 산책하러 끌려갔는지 우리가 모르는 줄 아는 모양인데 어디 두고 보라지.

나는 매섭게 화를 내며 문을 쾅 닫고 부엌을 나갔다. 그러자 어머니가 뒤쫓아와 내 팔을 붙잡았다. 그러고는 나를 움켜잡고 계단 쪽으로 끌고 갔다. 네 아버지가 어디 있는지 알고 싶으면 내가 당장 보여줄 테니까 괜히 속상해하지 말거라. 어머니는 나를 위층으로 잡아끌며 조용히 말했다. 방에 들어가자마자 어머니는 내 팔을 놓고 벽에서 옷장을 떼어냈다. 이어서 치맛자락을 잡고 벽 옆에 무릎을 꿇더니 바닥에서 네 번째 줄에 헐겁게 박혀 있는 벽돌을 빼냈다. 저 안에 있어. 어머니가 말했다.

뼈에 붙은 살갗만 남아 있는 걸 보니 이 집은 아버지의 살을 다 파먹은 모양이었다. 아버지는 기괴한 모습을 하고 있었다. 그 모습이 얼마나 충격적이었던지 지금도 눈앞에 있는 것처럼 생생하게 떠오른다. 그는 맞은편 벽에 등을 기댄 채 바닥에 앉아 있었다. 머리는 한쪽으로 기울어진 반면, 턱이 빠진 것처럼 입은 헤벌어져 있었다. 고통에 못 이겨 비명을 지르는 듯했다. 그런데 눈이 없어. 나는 눈구멍에서 시선을 떼며 말했다. 저기에선 눈이 필요 없단다. 어머니가 나를 밀어내며 말했다.

어머니는 2년 전에야 그곳에 있던 벽돌을 열어보았다고 했다. 그 무렵 승자들은 전쟁 동안 징집을 피해 집을 떠난 남자들을 이미 모두 죽였기 때문에 더 이상 그들에 대해 묻지 않았다. 노루를 잡듯이 집요하게 도망간 남자들을 찾아 사냥했던 터라, 산에는 이제 아무도 남지 않았다. 그 후로 어머니는 한동안 매일 내 아버지를 보러 갔고, 그 자리에 계속 있는지 확인해야 직성이 풀렸다. 그녀는 고통스러워하는 듯한 그의 모습을 볼 때마다 빙긋이 웃었다. 확인을 마치고 나면 벽돌을 제자리에 끼워놓고 옷장을 벽에 밀어붙인 다음, 성호를 그었다. 저자가 살면서 겪어야 했던 고통을 죽어서도 겪게 하소서.

내 남편 또한 속이 바짝 말라붙어 죽었다. 우리가 결혼한 지 1년도 지나지 않아 그는 몸져눕고 말았다. 어느 날부터인가 시름시름 앓기 시작하더니 마침내 더 이상 움직이지 못했다. 살이 사라지면서 살갗이 누렇게 변했다. 어머니와 나는 남편의 열병이 심해질 때마다 의사에게 여러 차례 전화했지만, 의사도 뭐가 문제인지 전혀 모르겠다고 했다. 의사는 달랑 주사 한 대 놓아주고 엄청난 돈을 받을 받아먹었다. 그리고는 경련과 정신착란을 일으키는 가엾은 남편을 내팽개치고 왔던 길로 되돌아갔다. 나는 뭘 어떻게 하든 아무 소용도 없다는 것을 성인들에게 들어서 알고 있었다. 하지만 페드로는 나를 인간답게 대해주었고, 나 또한 그가 길거리의 개처럼 죽도록 그냥 내버려두지 않을 것이었다.

남편의 장례식 비용은 하라보 부부가 부담했다. 우리 관리인의 마지막 가는 길이 쓸쓸하지 않게 하려고요. 그들이 말했다. 나는 장례식에 그 부부가 나타난 것도 모자라, 심지어 부인이 눈물까지 흘리는 모습을 보자 피가 거꾸로 솟구치는 것 같았다. 많은 이들이 그들 부부에게 조의를 표했다. 진심으로 애도의 말씀을 드립니다. 사람들은 그렇게 말했다. 마치 그 부부에게 무슨 감정이 남아 있기라도 한 것처럼. 그 순간 내 안에서 울컥 분노가 치밀어 올랐다. 부인은 자기를 바라보는 내 눈빛이 심상치 않다는 것을 알아차렸다. 장례식이 거행되는 동안, 나는 그들이 관리인을 정말 그렇게 소중하게 여겼더라면 장례식 비용 대신 약값이나 제대로 대주었을 거라고 투덜거렸는데, 누군가가 그 말을 듣고 부부에게 귀띔해줄 게 분명했다. 나는 다 들으라는 듯이 일부러 큰 소리로 말했다. 저 사람들이 정말 내 남편한테 그렇게 신경을 썼더라면 쿠엥카에서 의사를 데려올 수도, 아니면 총통 각하와의 만찬에서 만났다는 그 유명한 의사들을 마드리드에서 모셔 올 수도 있었을 거라고.

부인은 나를 혐오의 눈길로 쳐다보기 시작했다. 그건 자기의 관심을 받을 만한 사람들에게만 품는 증오의 감정이었다. 그런데 그건 내가 하녀였을 때 그들이 드러내던 은근한 경멸이 아니라, 더 이상 숨기지도 않고 점점 커져만 가는 노골적인 반감과 앙심의 눈빛이었다. 어쨌든 누군가를 미워하려면 뚜렷한 이유가 있어야 하기 때문에 나로서는 그들이 내게 무관심한 것보다는 차라리 나를 대놓고 증오하는 편이 더 좋았다. 하지만 아무래도 무관심보다는 증오가 훨씬 더 많은 문제를 일으킬 수밖에 없다. 부인은 우리가 페드로에게 무슨 짓을 했다는 것을 에둘러 말하기 위해, 그리고 페드로가 적어도 우리 집에 가기 전까지는 아주 건실한 청년이었다는 것을 주장하기 위해, 이야기를 지어내기 시작했다. 그녀는 자기 말을 듣는 이라면 누구에게든 우리가 페드로의 음식에 무언가를 넣은 것이 틀림없다고 하거나 지나가는 말로 페드로가 내 딸의 진짜 아버지가 아니라고 했다. 더구나 페드로가 여자 친구와 결혼하지 못하도록 내가 임신했다는 거짓말을 했다며 비난을 퍼붓기도 했다.

이제 우리가 그 집에서 더 일하지 않는 이상, 직접적으로는 어쩔 도리가 없었지만 그들은 만나는 사람마다 우리에 관한 악담을 퍼부었다. 마치 주인으로부터 사랑을 듬뿍 받으면 자기가 더 이상 개가 아니라고 여기게 되는 것처럼, 이 마을에 우글거리는 비굴한 자들은 더 이상 우리에게 말을 걸지 않았다. 물론 나도 가만히 있지는 않았다. 만약 내가 정말로 남편을 죽일 만한 사람이라고 믿는다면, 최소한 그렇게 믿게 할 만한 명분을 그들에게 줄 계획이었다.

내가 제일 먼저 한 일은 그 여자에게 따끔하게 본때를 보여주는 것이었다. 나는 카르멘에게 부인의 빗에 남아 있는 머리카락을 조금만 갖다달라고 부탁했다. 카르멘은 화장대를 정리하면서 앞치마 주머니에 넣어둔 머리카락을 그다음 날 바로 가져왔다. 그 여자가 독사 같은 혀를 깨물어 자신의 독으로 스스로를 죽게 만들 수 있는지 한번 보자고, 그녀가 내게 말했다. 어머니와 나는 그 머리카락을 손수건에 넣고 단단히 매듭을 지어 묶었다. 매듭을 지을 때마다 우리는 성자들에게 기도를 드렸다. 죽은 뒤 꽃과 과일 바구니를 들고 나타난 도로테아 성녀*에게. 자신의 머리를 손에 들고 있는 디오니시우스 성인**에게. 무화

---

* Santa Dorotea. 로마시대에 순교한 네 동정녀 중 한 사람이다. 회화에서 주로 머리에 화관을 쓴 젊은 여인이 치맛자락이나 바구니에 과일과 꽃을 가득 담아 들고 있는 모습으로 묘사된다.

** San Dionisio. 프랑스 파리의 초대 주교로 가톨릭교회의 14성인에 속한다. 회화에서 주로 참수당한 자신의 머리를 손에 들고 있는 모습으로 그려진다.

과나무에 목매어 죽은 유다 이스카리옷*에게. 우리처럼 천사들과 망자들을 보았던 젬마 성녀에게. 우리는 마당에 구덩이를 파고, 아무도 그것을 찾아서 풀어보지 못하도록 그 자리에 꼭꼭 묻었다.

내 어머니는 살면서 단 한 번도 누구한테 단단히 앙심을 품어본 적이 없었지만, 언젠가 저녁 식사를 내오다가 실수로 그만 유리잔을 엎지르는 바람에 주인 나리한테 뺨을 맞고 마음 깊이 단단한 응어리가 맺혔다. 그다음 날, 그가 타고 있던 말에게 차이는 바람에 하마터면 죽을 뻔한 일이 일어났다. 여태 문제를 일으킨 적이 없는 순한 말이었지만 그날 아침 못된 생각이 녀석의 머릿속을 스치고 지나갔던 모양이었다. 의사들은 그의 몸에 난 찢어진 상처를 안쪽까지 깊이 꿰매야만 했다. 그 후로 그는 수프 외에 아무것도 먹지 못하는 신세가 된 것도 모자라, 밤마다 고통에 몸부림쳤다.

우리는 기도를 드리며, 어머니의 기억을 최대한 살려 그 무엇도 빠져나가지 못하도록 매듭을 단단히 지어 풀어지지 않게 했다. 다음 날은 아무 일 없이 지나갔고, 그다

---

* 예수그리스도의 12사도 중 한 사람이었으나 나중에 예수를 배반하여 기독교에서는 최대의 죄인이자 악마의 하수인, 배신자의 대명사로 불린다.

음 날도 마찬가지였다. 저기 묻어놓은 것을 무슨 수로 찾아내겠어? 나는 어머니에게 말했다. 그리고 몰래 마당으로 나가 땅에서 그것을 파내서 옷장 안에 넣어두었다. 이틀 후, 부인이 계단에서 굴러 발목이 부러지고 말았다. 카르멘은 부인이 굴러떨어지면서 어떻게 비명을 질렀는지 이야기하면서 웃음을 참지 못했다. 하지만 어둠의 그림자들이 그 정도로 성에 찰 리 없었다. 그다음 주에는 아들이 사냥을 갔다가 낭떠러지에서 굴러떨어져 두 손목이 부러지고 말았다. 사냥을 같이 갔던 친구들이 나중에 바에 모여서 나눈 이야기에 의하면, 그는 덤불 속에서 커다란 동물의 소리를 듣고 쫓아가기 시작했다고 했다. 거기 있던 이들도 멧돼지가 씩씩거리는 듯한 소리를 들었지만, 직접 본 사람은 아무도 없었다. 결국 그는 짐승의 흔적은커녕 짐승이 지나간 자국도 찾지 못한 채, 바위 사이로 떨어지고 말았다. 며칠 후에는 주인이 자리를 비운 사이에 그의 사무실이 모두 불타버렸다. 잠겨 있던 서랍 속에 보관해 둔 서류들도 죄다 잿더미가 되어버렸다. 부인이 타는 냄새를 맡지 못했더라면, 아마 집 전체가 홀랑 다 타버렸을 거야. 카르멘이 말했다.

한 번의 사고는 우연이라 치더라도 그런 일이 두 번, 세 번 연달아 일어났다는 것은 결코 우연으로 보기 어려웠다. 그래서인지 마을 여기저기서 수군거리는 소리가 들리기 시작했다. 하찮은 일이니 신경 쓸 필요 없다고 부인이 아무리 항변하더라도, 며칠 사이에 세 번이나 사고가 일어났다는 것은 분노와 원한에서 비롯된 문제가 분명했다. 글쎄요. 부인이 암퇘지처럼 꽥꽥 비명을 지르는 소리를 들었다면 별일이 아니라고 하지는 못할 것 같던데요. 카르멘이 말하자, 빵을 사려고 줄을 섰던 여자들이 숨죽여 웃었다. 그들 중 어떤 이들은 전쟁이 끝난 이후 더 골이 깊어진 증오를 이용해 오래전부터 묵혀왔던 가슴속 응어리를 조금이라도 풀 심산으로 날이 어두워지면 하나둘씩 집에 찾아오기 시작했다. 그들은 밤에 건초 더미를 지나 마을을 빠져나와 사람들 눈에 띄지 않도록 산길을 통해 이 집에 도착했다. 어떤 이들은 전쟁이 참혹한 학살극으로 이어지면서 뺨을 얻어맞거나 몽둥이질을 당한 수모를 꼭 되갚고 싶어 했다. 또 어떤 이들은 이웃의 밀고나 친척의 도피—도피는 인간 사냥으로 이어졌고, 사냥은 결국 학살로 이어졌다—로 인해 받은 치욕을 갚아주고 싶어 했다. 나는 내 마음속과 집 안에 끓어오르는 증오심과 분노를 드러내며 저주를 퍼부었다. 친척들, 과르디아 시빌, 사제들, 밀고자들, 그리고 누구든 가리지 않았다. 이처럼 가엾은 이들이 본격적으로 빚을 갚기 시작하면 많은 사람들

이 몸을 숨길 돼지우리조차 남지 않을 것이라는 사실을 잘 알고 있었기 때문이다

그로부터 얼마 뒤, 이번에는 사람들이 치료제를 구하러 집으로 찾아오기 시작했다. 나는 평소 알고 있던 두어 가지 약초를 주면서 그들의 마음을 진정시키기 위해 진실과 거짓말을 들려주었다. 내가 말한 진실은 사라진 아버지, 남편, 딸 혹은 여동생이 어디에 있는지에 관한 것이었다. 공동묘지 담장, 비얄바*로 가는 길, 샘물이 솟는 낭떠러지, 예배당이 있는 언덕. 마을 전체가 시신으로 가득 차 있었다. 반면 내가 한 거짓말은 그들의 아버지, 남편, 아들 혹은 남동생이 천국에 있으며 거기서 그들을 데리고 있는 성인들이 내게 알려준 바에 의하면 그들이 가족들에게 안부를 전했다는 것이었다. 가난한 이들은 시신을 찾아 묘지에 안장할 수도, 사제에게 그들을 위한 미사를 봉헌해 달라고 청할 수도 없었기 때문에 나는 그들에게 부엌에 앉아 성녀에게 기도를 올리고 죽은 가족과 친척들을 위해 촛불을 켜라고 했다. 그래서 그들이 모여 앉으면 나는 춥지 않도록 난로에 불을 피웠다. 내 거짓말을 듣고 마음이 조금 놓인 듯해 보였지만, 그들이 등에 업고 들어온 어

* 스페인 마드리드 북서쪽에 위치한 소도시.

둠의 그림자는 입안에 흙이 가득 차고 머리에 구멍이 났을 뿐 아니라, 소총 개머리판에 맞아 이가 박살 난 모습 그대로 그 후 계속 우리 집에 머무르게 되었다. 그렇게 이 집으로 온 어둠의 그림자들 중 일부는 얼마 후 자취를 감추었는데, 어쩌면 천사가 내려와서 그들을 천국으로 데려갔는지도 모를 일이었다. 낭떠러지에서 떨어져 내장이 모두 파열된 채 죽은 아이들은 지옥에 갈 수도 없으니까 말이다. 그러나 다른 어둠의 그림자들은 두려움 때문인지 아니면 원한 때문인지 모르겠지만 냄비나 침대 밑에 숨어 결코 떠나지 않았다.

나는 행방불명된 사람들에 관해 말해주는 경우 따로 돈을 받지 않았지만, 누군가에게 저주를 내릴 때는 돈을 받았다. 대수롭지 않은 문제를 가지고 온 이들에게는 소금 한 줌을 주며 거기에 침을 뱉은 다음 당신을 괴롭게 하는 이의 집 대문에 뿌리라고 했다. 하지만 중대한 일로 찾아온 이들에게는 돈을 두둑이 받아내, 다발로 묶어 옷장에 넣어두었다. 그렇게 하면 이 집이 무척이나 기뻐했다. 저주하려는 자에 대한 분노가 클수록 돈다발은 더 큰 위력을 발휘했다. 나는 그들이 어리석고 시시한 일을 가지고 찾아오지 않도록 일부러 값을 비싸게 불렀지만, 아무튼 그들 중 절반가량은 큰돈을 낼 여유가 없었던 터라 대신 혼숫감으로 장만한 침대 시트, 결혼반지, 집에서 쓰던 냄비 등 각종 살림살이를 무엇이든 다 가지고 왔다. 하지만 나는 그런 것들을 일절 받지 않았다. 남의 이니셜이 새겨진 침대 시트에서 자고 싶지도, 남의 결혼반지를 끼고 싶지도 않았을 뿐만 아니라, 그사이 받은 돈만으로도 사는 데 지장이 없었기 때문이었다. 페드로는 평소 돈에 그다지 관심이 없던 터라 내게 한 푼도 남기지 않았다. 만약 내가 하라보 부부네 관리인이었다면, 들키지 않고 그들에게서 무언가를 뜯어낼 방법을 알아냈을 것이다. 나라면 그들 부부가 등심과 케이크로 배를 채우는 동안 쥐꼬리만 한 월급을 받고 와인 양조장을 운영하느라 뼈 빠지게 고생하지는 않았을 것이다. 내 남편은 지나치게 겁이 많거나 지나치게 정직했는데, 이 두 가지는 가난한 사람이 될 수 있는 최악의 조건이었다.

결혼 생활에서 남은 것이라고는 너무 많이 울어 몸이 점점 쇠약해지던 아이뿐이었다. 아이는 가끔가다 열이 나면 절대 떨어지지 않아, 아기 침대에서 온몸을 부르르 떨면서 기침을 했다. 어머니는 아이가 곧 죽을 것 같다고 말하곤 했다. 그 당시에는 어린아이들이 많이 죽었기 때문에 빨리 세례를 받아야 했다. 멀쩡하다가도 어느 날 갑자기 시름시름 앓기 시작하면, 그다음 날 침대에서 얼음장처럼 싸늘하게 식어 있곤 했으니까. 하지만 내 딸은 죽지 않았다. 아이는 자기 아버지와 다르게 열이 펄펄 끓고 경련이 일어나도 이를 악물고 견뎌냈다. 이 아이는 살고자 하는 의지가 강한 거야. 언젠가 우리를 보러 온 카르멘이 말했다. 나는 그녀에게 아무 말도 하지 않았지만, 사실은 그래서가 아니었다. 이 집에서는 죽은 자들이 너무 오래 사는 반면, 산 자들이 너무 짧게 산다. 우리처럼 그 중간에 있는 이들은 어느 쪽도 아니다. 이 집은 우리가 죽게 내버려두지 않지만, 그렇다고 다른 곳에서 살도록 내버려두지도 않는다.

페드로는 내게 못된 짓을 하지도, 행패를 부리지도 않았기에 그가 죽었을 때 정말 가슴이 아팠다. 그는 맡은 일에 최선을 다했고, 목소리를 높이거나 손찌검을 하는 일도 없었다. 그래서인지 그가 밖에서 다른 여자와 같이 있는 걸 봐도 전혀 수치스럽지 않았다. 아무튼 남자에게 그 이상 이래라저래라 할 수는 없는 법이니까. 설령 페드로에게 성가시거나 불쾌할 일이 아닌 경우에도 나는 일절 요구하지 않았다. 그는 식탁에 차려진 음식이면 무엇이든 다 잘 먹었고, 무슨 말을 하기보다 오히려 입을 다물 때가 많았다. 그는 나를 사랑하지 않았고, 나도 그를 사랑하지 않았다. 하지만 우리는 서로에 대해 어느 정도 애정을 가지고 있었고, 그는 여전히 밤마다 자기의 옷을 벗기고 싶어 안달하는 내 모습을 보면서 흐뭇해했다.

남편을 무덤에 묻은 후에도 딸아이는 여전히 못생겼을 뿐만 아니라, 변함없이 마르고 허약했다. 무엇을 먹여도 아이는 달라지지 않았다. 어찌나 초라하고 볼품없던지 방금 고아원에서 데려온 아이처럼 보였다. 아이는 얼굴이 밀랍처럼 누렇게 뜬 데다, 털 없이 쭈글쭈글한 몸으로 태어난 쥐새끼처럼 잔뜩 쪼그라들어 있었다. 두고 보면 알겠지만, 원래 태어날 때 못난 아이들이 커서 아름다워지는 경우가 많아. 카르멘이 말했다. 나는 그녀의 말을 믿어야 할지 말아야 할지 몰랐다. 무엇보다 이 집이 아이에게 못된 짓을 한 게 아닌지, 어둠의 그림자들 탓에 그렇게 된 게 아닌지 무척 두려웠다.

이미 여러분에게 말했다시피, 나는 아이가 자라는 동안 밤낮을 가리지 않고 계속 지켜보았다. 아이의 일거수일투족을 관찰했을 뿐 아니라 단 한 순간도 아이를 혼자 두지 않았다. 나는 내 침대 바로 옆에 놓아둔 아이 침대 곁에서 뜬눈으로 며칠 밤을 지새우곤 했다. 어둠의 그림자들이 정말 아이의 몸속에서 자라고 있는 건지, 아니면 이 모든 게 나의 상상에 지나지 않는 건지를 분명하게 드러내줄 수 있는 거라면 무엇이든 찾기 위해 아이의 몸짓과 끙끙

거림을 계속 살피며 안간힘을 썼다. 반면 어머니는 그 아이 근처에도 가지 않았다. 나를 향한 어머니의 반감은 내 아이에게도 마찬가지였으며, 오래전부터 가슴속 깊이 맺혀 있던 분노와 원한을 아이에게도 똑같이 품고 있었다. 어머니는 성인들이 아이한테 찾아오지 않을지, 혹은 아이가 자기처럼 어둠의 그림자들에게 얽매여 살지나 않을지 두려운 눈치였다.

시간이 지나면서 나는 카르멘의 말이 옳았다는 것을 알게 되었다. 아이는 더 이상 비쩍 말라 왜소하지 않았고, 흉한 몰골에서도 벗어난다. 눈꺼풀 붓기와 눈 밑 지방 또한 말끔히 사라졌다. 누렇게 떴던 얼굴에는 혈색이 돌았으며, 가늘고 힘없던 머리카락도 굵고 검게 변하기 시작했다. 여섯 살이 된 아이는 어여쁘고 아름다운 소녀로 변모해 있었다. 그러게 내가 뭐라고 했니? 어느 날 오후 우리 집에 찾아온 카르멘이 의기양양하게 말했다. 그 무렵 카르멘은 제멋대로 오후 시간을 보내는 경우가 갈수록 더 많아졌다. 그리고 부인이 집을 비울 때면 카르멘이 아예 우리 집에 와서 한참을 노닥거릴 뿐만 아니라, 그녀가 갈수록 더 뻔뻔스러워지며 입에서 나오는 대로 건방지게 지껄이는데도 부인이 감히 쫓아낼 엄두를 내지 못한다는 소문이 부인의 귀에 들어가기 시작했다. 부인은 그때

당한 치욕을 절대 잊지 않았다. 가슴에 맺힌 응어리로부터 우리 스스로 쌓아온 평판, 즉 우리가 서수를 내리는 여자들이라는 소문을 들으면서 그녀는 매일같이 그 분노를 되새길 수 있었다. 한번은 카르멘이 자기 화장대를 치우는 것을 본 부인의 표정이 순식간에 일그러지면서 빗을 뺏으러 달려든 날이 있었다. 누군가 하라보 부부에게 우리가 머리카락으로 타래를 꼬아놓는다고 일렀고, 나머지는 그녀가 스스로 알아낸 듯했다. 그 후로 부인은 마르가리타에게 방 청소를 맡겼다. 마르가리타는 내가 그 집에서 나갈 때 새로 들어온 멍청한 아이였는데, 상점 앞에 줄을 서서 기다릴 때면 부인이 얼마나 고상한 취향을 가지고 있는지, 파리에서 수입한 옷감이 얼마나 우아한지, 그리고 부인이 주문한 자수와 레이스가 얼마나 세련됐는지 입이 마르게 칭찬하곤 했다. 우리처럼 옷을 입어도 부인이 정말 고상하고 세련되게 보이겠니? 아마 늙어빠진 노새 같을 텐데. 줄에 서 있던 내가 이렇게 대꾸하면, 어떤 여자들은 웃음보를 터뜨렸고 다른 여자들은 누군가 부인에게 이 이야기를 고자질할 때 자기들의 이름이 나오지 않도록 아예 얼굴을 돌렸다. 그런데 분명히 몇몇 못돼먹은 여자들은 자기들끼리 소문을 퍼뜨리거나, 미사를 마치고 나오는 길에 우연을 가장하여 부인에게 접근해 자기들은 그렇게 파렴치하고 비열한 짓거리를 할 생각이 전혀 없었다는 듯 태연스럽게 그 이야기를 일러바칠 도모를 하고 있었다.

아무튼 딸아이는 점점 아름다워진 반면, 어머니는 날이 갈수록 쪼그라들었다. 어머니는 엉덩이에 혹이 생겨서 항상 구부정하게 걸어야 했고, 계단을 올라갈 때도 양손으로 난간을 붙잡고 거의 기어오르다시피 해야 했다. 게다가 불과 두 달 만에 그나마 남아 있던 살이 빠졌고 이빨마저 전부 빠져버렸다. 더군다나 하루가 다르게 얼굴에 주름이 늘어나는 바람에 실제 나이보다 훨씬 더 늙어 보였다. 그때 분노와 원한이 그녀를 서서히 끝장내고 있었던 것인지, 아니면 이 집이 내 딸아이에게 진절머리가 나서 이제 어머니를 가지고 놀고 있었던 것인지 나로서는 알 길이 없다. 어찌 됐든 나는 어머니가 고통받는 것을 보면서도 전혀 슬프지 않았다. 사실 나는 어머니에 대해 분노 외에 그 어떤 감정도 느낀 적이 없었던 것으로 기억된다. 어쩌면 어린 시절 어머니가 내 머리를 일부러 엉망으로 잘라놓거나 학교에서 공부하고 있는 나를 빼내 똥을 치우라고—이 일은 아무도 하지 않으려고 했다—시켰다는 사실을 깨닫기 전에는 다른 감정을 느꼈을지도 모른다. 어머니의 몸에 혹이 생길 때마다, 또 이빨이 하나씩 빠질 때마다, 그건 어머니가 내게 한 짓에 치르는 일종의 대가이거나 성녀나 악마가 [illegible] 무엇이든 내게는 상관없었다—내게 보낸 선물처럼 보였다.

어머니가 돌아가셨을 때, 나는 묘를 짓는 인부의 손에 돈을 쥐여주며 발이 무덤 상석에 오도록 관을 거꾸로 묻어달라고 부탁했다. 나는 어머니에게 이 집으로 다시 돌아오려고 하면 어떤 일이 벌어질지 알려주려 했다. 장례식에는 카르멘, 딸아이, 그리고 나밖에 없었다. 어머니에게는 남은 가족이 하나도 없었을뿐더러, 마을에서도 찾아오는 이가 없었다. 인부는 성호를 긋긴 했으나 돈을 주머니에 넣고 내가 시킨 대로 했다. 그렇게 한 덕분인지는 모르겠지만, 어머니는 거기서 끝내 돌아오지 않았다.

7

우리 증조할머니는 자신의 남편과 마찬가지로 증오심에 집어삼켜져 결국 세상을 떠나고 말았다. 증조할아버지는 아내를 가두려 지은 집에서 벽 사이에 갇혀 죽어갔고, 증조할머니는 딸에 대한 질투심에 사로잡혀 기력이 쇠해졌다. 두 분 모두 순전한 혐오감 순전한 경멸 순전한 적의로 인해 돌아가신 셈이다. 증조할머니가 숟가락으로 벽을 긁는 딸깍딸깍딸깍하는 소리만 들려올 때까지 남편을 벽에 가둔 것은 현명한 처사였지만, 그 딸깍딸깍딸깍하는 소리는 결국 그녀의 머릿속으로 파고들어가 뇌를 긁어댔다. 이 집에서는 모든 것이 머릿속 깊이 들어와 뇌를 긁고 긁고, 또 긁는다.

다른 가족들도 증오심으로 인해 죽었지만, 그건 스스로의 증오심이 아니라 다른 이들의 증오심 때문이었다. 할

아버지는 천장에서 조금씩 떨어지는 원한을 이겨내지 못하고 이 집에 산 지 1년 만에 결국 침내에서 숨을 거두었다. 우리는 모두 여기서 자라났지만, 다른 지역에서 온 할아버지는 이처럼 썩어가는 곳에서 살아남기 어려웠다. 그가 남긴 것은 침대 시트의 땀과 소변 얼룩, 그리고 허약하고 말라빠진 딸아이 하나뿐이었다. 할아버지의 딸은 장차 나의 엄마가 될 사람으로, 자기의 것이 아닌 증오심으로 생을 마감하게 될 터였다. 아무튼 이 집안사람들은 모두 그것으로 인해, 즉 자신의 증오심 아니면 다른 이들의 증오심으로 인해, 그러나 언제나 증오심으로 인해 죽었다.

이 집에 사는 우리 모두 분노에 사로잡혀 살아간다는 할머니의 말이 옳지만, 그렇다고 해서 우리가 속에 무언가 뒤틀린 것을 가지고 태어났기 때문은 아니다. 오히려 우리가 분노를 삭이려 이를 악물고 안간힘을 다해야 할 때마다 속이 서서히 꼬이기 시작한다. 내가 그 사실을 깨달은 것은 하라보 부부의 아들 밑에서 일하게 되었을 때였다. 그는 자기 아버지와 형이 세상을 떠난 후, 와인 양조장을 운영하기 위해 두 번째 아내와 함께 이 마을을 삶의 터전으로 삼았다. 일을 시작한 첫날, 나는 아이의 어머니가 문을 열어주자마자 이를 악물었다. 그런 상황에서 어떻게 속이 뒤틀리지 않을 수 있겠는가. 어떻게 분노가 치밀어 오르면서 이를 갈지 않을 수 있겠는가. 문간에 서 있는 부인을 보자마자 그곳에 가지 말았어야 했다는 걸 깨달았다. 하지만 이 망할 동네에서 무슨 일자리를 찾는단 말인가. 여기서는 몇 주 동안 포도를 수확하는 것 외에는 노인이 세상을 떠나거나 요양원에 들어가기 전까지 똥오줌을 치우는 것밖에 할 일이 없다. 우리 집이 이미 시체 안치소나 다름없는 터라 노인보다는 어린아이를 돌보는 편이 나을 것 같았다.

앙구스티아스의 딸인 마리아도 일자리가 있다는 이야기를 듣고 거기에 왔다. 마리아의 어머니는 평생 병에 시달렸지만, 무슨 병인지 아는 이가 아무도 없었다. 의사들이 뭐라고 말해야 할지 몰라 우물쭈물 망설였던 탓이었다. 마리아가 병명이라도 알려달라고 졸라대자, 의사들은 그녀가 없는 이야기를 지어내는 거라고 에둘러 말했다. 마치 어머니가 병에 걸려 거동도 못 하고 어디가 어떻게 아픈지 본인 입으로 정확히 말하지도 못한다는 사실을 그녀가 전혀 모른다는 것처럼 말이다. 아버지는 집에 있어도 감자조차 삶지 못했고, 오빠들은 공부하러 타지로 나가 아직 돌아오지 않았기에 마리아 혼자서 어머니를 돌보고 있었다. 그래도 모두들 나를 걱정해주고 있답니다. 마리아의 어머니는 제대로 움직이지도 못하는 자기를 찾아온 이웃 여자들에게 이렇게 말하곤 했다. 매주 나한테 전화로 안부를 묻는다니까요. 마리아가 욕실의 얼룩을 문질러 닦거나 부엌 구석구석 걸레질을 하다 어머니가 하는 말을 듣고 속이 뒤집어졌는지 어쨌는지 나로서는 알 길이 없다. 하지만 그런 얘기를 들으면 누구든 더러운 물 양동이를 집어 던지면서 오빠들이 이부자리를 정리하거나 따뜻한 밥 한 끼라도 차린 적이 있는지 두 눈으로 똑똑히 확인시키기 위해 노인네의 머리채를 잡아 온 집을 휘젓고 다니고 싶을 정도로 화가 치밀었을 것이다.

마침내 앙구스티아스가 세상을 떠나자, 오빠들한테서 전화가 왔다. 하지만 그들이 연락한 건 어머니가 살던 집을 팔기 위해서였다. 아버지는 몇 년 전에 이미 돌아가셨기에, 오빠들은 마을에 남아 있던 부모의 재산을 모조리 팔려고 했다. 하지만 마리아는 오빠들에게서 그 집을 살 돈이 없었다. 결국 그 집을 다른 이에게 팔아버린 오빠들은 마리아에게 5천 유로만 주고 내쫓아버렸다. 마리아는 하룻밤 사이에 살 집도 연금도 실업수당도 오빠들도 없는 처량한 신세가 되고 말았다. 심지어 그들은 그녀에게 연락을 완전히 끊어버렸다. 그녀는 이웃 사람이 임대해준 집에서 한동안 살면서 포도 수확 시기에 일손을 거들기도 했다. 그러다 일자리를 구하려고 하라보네 집에 오게 된 것인데, 그 자리는 내게 돌아왔다. 더군다나 부인은 그녀를 만나려고도 하지 않았다. 얼마 뒤, 더 이상 임대료를 낼 형편이 안 되자 마리아는 결국 그 집에서도 쫓겨나고 말았다. 그 후로 그녀를 본 사람은 아무도 없었다. 들리는 말에 의하면 그녀는 실성한 탓에 보호시설에 맡겨졌다고 했다.

아무튼 그녀가 하라보네 집으로 찾아왔을 때, 나는 그들이 그녀를 택할 줄 알았다. 나보다 경험도 많은 데다 일자리가 꼭 필요한 처지였으니까 말이다. 하지만 앙구스티아스가 세상을 떠났을 때 이미 예순이 넘은 나이였던 마리아가, 유행에 뒤떨어진 옷을 입고 부엌에서 대충 자른 듯 촌스러운 헤어스타일을 한 늙은 여자가 하라보 부부의 마음에 들 리 없었던 모양이다. 평생 동안 푼돈이라도 벌려고 노새처럼 죽을 둥 살 둥 일만 해온 여자에게 포도 수확하는 일이라면 또 모를까, 자기 아들을 돌보는 보모로 집에 들이기에는 마뜩지 않았던 것이다. 하라보 부부는 찢어지게 가난한 나머지 벼룩시장에서 구한 옷을 입고 염색을 하지 않아 머리가 허연, 가난한 할머니의 손에 자기 아들을 맡기고 싶지 않았다. 하기는 그런 불행한 여자가 아이에게 무엇을 가르치겠는가 평생 하나도 이룬 것이 없고 아무것도 가진 적이 없는 여자가 아이에게 무엇을 가르칠 수 있겠는가 그런 여자가 무슨 수로 아이에게 자신의 분수를 알도록 가르치겠는가 그런 여자가 무슨 수로 아이에게 성공과 돈이 가장 중요한 것이라는 사실을 깨닫게 하겠는가 항상 짓밟히며 살아온 여자가 무슨 수로 아이에게 남을 짓밟는 법을 가르치겠는가.

아이의 어머니는 우리를 위아래로 찬찬히 훑어보더니 결국 나를 고용했다. 그녀가 나를 택한 이유는 친구들이 수도에서 놀러 오면 내게 봉급을 얼마나 주는지 누가 내 추천서를 써주었는지 아이와 몇 개의 언어로 이야기하는지 물어보리라는 것을 알았기 때문이다. 나는 평생 아이를 키워본 적도 없고, 학교 다닐 때 배운 영어 말고는 아무것도 할 줄 몰랐지만, 그런 건 아무래도 상관없었다. 정작 중요한 것은 내가 평생 쓸고 닦는 일밖에 하지 않은 시골뜨기 가난뱅이 무지렁이처럼 보이지 않았다는 점이었다. 중요한 것은 그녀의 친구들이 나를 살펴본 다음, 큰돈을 주고 나를 데려왔으리라고 생각할 거라는 점이었다. 나는 아이의 어머니가 나를 바라보는 눈빛을 통해 그 모든 것을 알아차릴 수 있었다. 텔레비전에서는 내가 지적장애가 있기 때문에 사회복지 기관에 연락해야 한다고 말하지만, 그건 새빨간 거짓말이다. 내가 할 일을 모두 마치고 이렇게 멀쩡히 집에 돌아와 있는 걸 보고도 그런 소리를 지껄일 수 있을까?

할머니는 내가 하라보네 집에서 일하게 되었다는 소식

을 듣고 불같이 화를 냈다. 그 사람들이 너를 동네방네 자랑하고 싶어서 오라고 한 줄 알지? 천만에, 그들은 네게 굴욕과 망신을 주려고 하는 거야. 할머니는 뭐에 씌기라도 한 듯이 내게 고래고래 소리를 질렀다. 그때 내가 뭐라고 대꾸했는지는 기억나지 않지만, 속으로는 할머니의 말이 옳다는 것을 알고 있었다. 일자리를 달라고 그 집의 대문을 두드리는 순간 그건 우리가 패배했다는 증거임을, 또 할머니가 장례식 때 마을 사람들 앞에서 하라보 집안을 향해 입에 담지 못할 욕설을 퍼부으며 자신이 그 집에 불을 지르고 원한에 사무친 저주를 내려 당신들의 뼈를 부러지게 만들었다고 공언했던 날 그 가족 전체를 상대로 벌인 싸움에서 결국 그 집 아들이 승리를 거뒀다는 뜻임을 알고 있었다.

어려서부터 그들의 얼굴 대신 구두를 봐야 했고 평생 그들로부터 수모를 당해야 했다면, 남편의 죽음에 애도를 표하는 그들의 모습을 보면서 어떻게 할머니의 피가 거꾸로 솟지 않을 수 있었겠는가. 더구나 나까지 그 집을 찾아가 비굴하게 일자리를 구걸하는 모습을 보면서, 내가 돌볼 남자아이가 나중에 커서 우리를 무시할 또 다른 망나니로, 넓은 땅과 양조장은 물론 고작 4두로를 주고 우리를 노예처럼 부려먹을 권리를 물려받게 될 또 다른 후레자식으로 둔갑할 것을 뻔히 알면서 어떻게 독이 오르지 않을 수 있었겠는가. 그러나 그것만으로는 충분치 않다는 듯이, 할머니는 오랜 세월 동안 집에서 죽은 딸의 그림자를 매일 형벌처럼 바라봐야만 했다.

예전에는 아버지의 것이다가 이제는 아들의 소유인 그 집에서, 그리고 이 마을이 아무것도 변하지 않았기 때문에 하나도 바뀐 것이 없는 그 집에서 일하는 동안 나는 차츰 할머니의 마음을 이해하게 되었다. 그들은 마음만 먹으면 무고한 사람들을 초주검이 될 때까지 두들겨 패거나 깊은 산속에 데려가 이빨 사이로 총을 쏘기도 했다. 한때 나는 할머니보다 내가 더 영리하고 똑똑한 줄 알았다. 할머니가 품고 있던 원한과 증오는 아무도 신경 쓰지 않을 정도로 오래된 헛소리라고 여겼을 뿐만 아니라, 언젠가 이 집을 떠나 다시는 이 땅을 밟지 않아도 될 정도의 돈을 만질 수 있을 거라고 믿었다. 하지만 하라보네 집에서 일하면서 내가 몹시 어리석었다는 것을 알게 되었다. 또한 그들이 남에게 과시하기 위해 마리아 대신 나를 택한 것이며, 나를 증오하는 동시에 사냥 전리품이나 우리에 갇힌 짐승 뽐내듯 손님들에게 자랑해 보였다는 사실도 깨달았다. 부부는 멀리서 온 친구들이 큰돈을 주고 나를 고용했다고 생각해 주기를 원했다. 동시에 내가 푼돈을 받고 그 집에서 일한다는 사실을 마을 사람들이 모두 알기를 바랐다. 그래야만 다시 모든 것이 정상화되고, 우리 모두 제자리를 찾아 제 분수대로 살 거라고 생각했기 때문이었다.

증조할아버지는 그들 밑에서 하인 노릇을 하기를 완강히 거부했고 그들도 어느 정도 눈감아주었지만, 그건 단지 증조할아버지도 마음속으로 자기들과 똑같은 것을, 다시 말해 자기 밑에 있는 이를 굴복시키려는 욕망을 품고 있다는 사실을 알아차렸기 때문이었다. 하라보 가족들이 보기에, 그런 부류의 인간들은 절대로 위를 쳐다보지도 위를 겨냥하지도 않고 오로지 아래만 노리면서 살기 때문에 전혀 위험하지 않았다. 그런 자들은 자기가 뭘 해야 하는지 잘 알고 있으며 무슨 일이든 가리지 않고 하는 편이기에, 또 가끔씩 아랫사람들의 기강을 잡을 필요도 있으니 곁에 두면 유용하다. 하지만 그 집 식구들은 마을 사람들 앞에서 무례한 언동을 일삼은 할머니를, 더구나 머리카락 네 올을 구해 성인에게 기도만 몇 번 하면 누구든 그 집 부인을 계단 아래로 굴러떨어지게 만들 수 있다고 큰소리친 할머니를 결코 용서하지 않았다. 어떤 경우든 그건 절대 용서될 수도, 그냥 넘어갈 수도 없는 일이었다. 그런 문제를 유야무야 넘어가버리면, 마을의 멍청이들은 자기들이 원하는 것은 무엇이든 할 수 있다고, 가령 마음만 내키면 하라보네 식구들을 협박할 수도 있고 기도만으로 그들의 다리나 팔을 분지를 수도 있다고 믿을 것이 뻔했기 때문이었다.

내가 그 집 하녀로 일하게 되면서, 그들은 이제 모든 것이 제자리로 돌아왔으며 할머니가 자신이 꾸며낸 거짓말과 헛소리를 사실이라고 믿는 미친 여자에 지나지 않는다는 것을 분명하게 보여줄 수 있었다. 나를 자기 집에서 일하게 해준 것이 그 증거였고, 나도 거기에 어느 정도 힘을 실은 셈이었다. 결국 나는 마을 사람들에게 하라보네 가족이 싸움에서 승리를 거두었다고, 그들은 항상 이겼다고, 또한 조만간 모든 게 제자리로 돌아올 것이며 장례식 이후 오랜 세월 동안 할머니가 견뎌온 모든 경멸과 모욕은 아무짝에도 쓸모없는 것이 되었다고 생각하게 만드는 데에 일조했다. 나는 나를 보며 할머니가 예전에 당했던 모욕을 매일 떠올리지 않기를 바랐다. 할머니가 몹쓸 짓을 한 건 사실이지만, 적어도 사람들의 조롱거리로 전락하지 않도록 나는 일을 그만두고 그 집을 떠나려고 생각했다. 그러던 어느 날 오후, 이제 떠나겠다는 말을 하려 잔뜩 벼르고 있는데 때마침 부인이 나를 불렀다. 이제 곧 손님들이 집을 보려고 올 테니까 아이가 함부로 나오지 못하도록 둘이 같이 방에 있으라고 했다. 대부분의 경우, 손님들은 와인 양조장으로 갔지만 가끔 어떤 이유로 집에 들어오기도 했다. 그럴 때면 부인은 손님들 앞에서 아이가 떼를 쓰고 버르장머리 없는 짓을 할지 몰라 나에게 아이와 함께 방에 들어가 나오지 말라고 했다. 누군가 아이에 대해 물어보면, 부인은 방에서 프랑스어를 공부하거나 피아노 연습을 하고 있다고 대답했다.

하지만 그날 오후에는 단 몇 분도 아이를 방 안에 붙잡아둘 수가 없었다. 손님이 찾아오면 엄마가 자기를 억지로 떼어놓으려 한다는 사실을 눈치챈 아이는 더 이상 참지 못하고 내게 떼를 썼다. 욕을 하며 머리채를 움켜잡고 손에 잡히는 물건을 모조리 던지는 건 물론이고, 내가 붙잡으려고 하면 나를 물고 발길질을 해댔다. 더는 참을 수 없어 빰이라도 때려주고 싶은 충동이 들었지만 꾹 참고 녀석에게 휴대전화를 주면서 가지고 놀라고 했다. 어머니가 휴대전화를 가지고 노는 것을 절대 허락하지 않았기 때문에 평소 같았으면 효과 만점이었지만, 그날은 그 수법도 통하지 않았다. 오히려 녀석은 휴대전화를 창밖으로 던지더니 방을 뛰쳐나갔다. 나는 아이가 거실에 다다랐을 때, 간신히 녀석을 잡았다. 거실에서 부인은 집을 장식하려고 고른 그림들에 관해 이야기하고 있었다.

저런, 저런, 이게 누구지? 손님 중 하나가 어른들이 어린아이에게 말을 걸 때 쓰는 바보 같은 말투로 말했다. 네가 바로 기예르모구나. 아이가 어른들의 악수를 흉내 내려는 듯 애교 넘치는 표정을 지으며 손을 내밀자, 모두 일제히 웃음을 터뜨렸다. 프랑스어 수업은 다 끝났니? 아니요. 나는 아이를 방으로 데려가기 위해 손을 잡으며 말했다. 물 한 잔 마시러 나온 겁니다. 손님들은 내가 자리를 떠날 때까지 기다리지 않고 곧장 자기들끼리 이야기를 나누기 시작했다. 그 바람에 나는 그들이 하는 말을 그대로 들을 수밖에 없었다. 원어민 교사한테 배우지 않으면 나중에 아이의 억양에서 표가 나는 게 단점이죠. 아이에게 말을 걸었던 여자가 다시 말했다. 저런, 끔찍하네요. 아이의 어머니가 대답했다. 하기는 집안일을 돕는 여자애들이 하는 말을 듣고 따라 하다 보니까, 아이가 스페인어를 쓸 때도 가끔 그러더군요. 저와 남편은 하루 종일 모니터 앞에 앉아 있어야 하는 좋은 학교에 보내는 것보다, 여기처럼 말이 뛰어놀고 포도밭이 있는 시골에서 아이를 키우는 것이 좋다고 생각했죠. 그런데 얼마 전에 아이가 "엄마, 나 밥 다 먹었시요"라고 하지 뭐예요. 정말이지, 그날로 당장 짐을 싸서 여기를 떠나려고 했다니까요.

한참 동안 여자들이 웃는 소리가 들렸다. 그들이 떠난 다음에도, 아이를 재우고 집으로 돌아온 다음에도 웃음소리가 계속 들리는 것 같았다. 그들의 웃음소리는 끊임없이 내 머릿속에 맴돌았다. 누군가를 조롱하고 있지만 겉으로는 안 그런 척 의뭉을 떠는 이들이 내는 듯한, 아무도 눈치채지 않기를 바라지만 실제로는 다 들으라는 듯이 숨죽여 낄낄거리는 그 소리는 마치 바닥에 동전을 내던지는 후작이나 사료 먹는 돼지들을 지켜보는 농부가 비웃는 소리 같았다.

모든 걸 이해하게 된 그날 밤, 침대에 누워 있던 내 머릿속에 모든 것이 선명하게 떠올랐다. 할머니는 하라보 가족의 증오심이 여전히 아물지 않은 채 곪을 대로 곪아가는 집안 간의 불화라고 줄곧 믿었지만, 그건 사실이 아니었다. 하라보네 식구들은 자기들과 같은 부류의 사람들보다 더 악하지 않았을뿐더러, 우리와 비슷한 이들을 미워하는 것보다 우리를 특별히 더 많이 미워한 것도 아니었다. 그런데도 원한에 사무쳐 저주를 내리는 할머니를 그들은 혐오하고 있었다. 그도 그럴 것이, 온 마을 사람들은 할머니를 통해 언제든 하라보 가족에게 해를 끼칠 수 있다고, 한밤중에 몰래 산길을 따라 인적 없는 외진 곳 허허벌판 한가운데에 있는 이 집에 찾아오면 돈 한 푼 내지 않고도 자신들의 주인 소유주 고용주의 불행을 도모하는 일을 꾸밀 수 있다고 믿었기 때문이었다. 하지만 그들 또한 우리를 한결같이 싫어하고 혐오하기는 마찬가지다. 그래서 그 혐오감은 우리 내면으로 들어와 우리를 독으로 물들이고 마음속 깊이 자리 잡는다. 결국 우리는 혐오감이 아예 우리의 것이라고—사실은 그렇지 않지만—생각하기에 이른다. 그러다 나는 잠이 들었는데, 깨어나서 보니 내 안에 나무좀이 들어가 있었다. 한밤중에 어둠의 그림자들이 소곤거리면서 내 안에 그 벌레를 집어넣었는지, 아니면 저 혼자서 내 머릿속으로 들어간 것인지는 모르겠지만, 그건 어찌 됐든 상관없었다. 어차피 나는 내 안에서 나무좀을 빼내야 하고, 아직 하녀 일을 그만둘 수 없다는 것을 알고 있었다. 아직 해야 할 일이 남아 있었다.

8

물론 나도 손녀가 그들 밑에서 일하는 것이 영 마뜩잖았다. 이 집안을 박살 낸 개자식들의 아들을 키우는 것이 어찌 좋을 수 있었겠는가. 그 아이도 그들이 일자리를 줄 때까지 그 사실을 내게 숨기려고 나름 애를 썼다. 그런 줄 알았더라면, 그 집에 하녀로 보내기 전에 그 아이의 머리채를 잡아끌고 장작을 쌓아두는 헛간에 가두어버렸을 테니까. 아니, 그런 놈들의 하녀가 되는 꼴을 보느니 차라리 그 아이를 죽여버렸을 테니까 말이다.

당연히 하라보네는 그 아이를 당장 고용했다. 그들은 비열한 오빠들 때문에 하루아침에 거리로 나앉게 된 마리아를 택할 수도 있었다. 오빠라는 자들이 얼마나 인간 같지도 않은 말종들이면 하나밖에 없는 여동생에게 그렇게 모질게 굴 수 있단 말인가. 하지만 하라보네 식구들은 마리아 대신 내 손녀를 골랐다. 그 아이는 자기가 마리아보다 더 젊고 인물이 반반하기 때문이라고 생각하는 눈치였다. 물론 그게 아니라고는 할 수 없지만, 실상은 그 집 아들이 첫 번째 부인과 이혼하고 난 뒤 새로 결혼한 여자—평소에도 성격이 차갑고 콧대가 세기로 유명했다—가 마리아를 탐탁지 않게 여겼기 때문이었다. 마리아가 집에 와서 자기를 무시하고 우습게 여겼다는 것이 그 이유였다. 끼리끼리 논다고 하더니, 두 번째 부인은 전처와 비슷하거나 더 못됐지만 훨씬 더 젊었다. 어찌 됐건 나는 현재 그 집 아들이 우리를 결코 용서하지 않았을 거라고 속으로 확신하고 있었다. 사냥 도중에 낭떠러지 아래로 떨어졌던 일이 나 때문이라고 믿고 있을 테니까. 문밖에서 하라보네 식구들은 항간에 떠도는 소문을 비웃으며 그건 단지 사고였을 뿐이라고 일축했다. 하지만 카르멘은 그들이 문 뒤에서만큼은 그렇게 도도하지도, 자부심에 차 있지도 않다는 것을 알고 있었다. 그때 이후로 어머니는 난간을 잡고 계단을 엉금엉금 기어서 내려오기 시작했고, 아들은 엽총에 자물쇠를 채워놓았다.

그가 사고 때문에 나를 용서하지 않았던 것인지, 아니면 손녀 말마따나 내가 짤막한 기도만으로도 그런 일을 일으킬 수 있다고 온 마을 사람들이 믿는다는 사실을 용납하지 못했던 것인지, 아무리 생각해도 모르겠지만, 어쨌든 결과는 마찬가지였다. 그는 그동안 내게 품어온 분노를 터뜨릴 기회를 얻은 셈이었다. 손녀가 그 집에 간 것은 다른 일자리와 별반 다를 게 없었기 때문이었다. 따지고 보면 이 사람 밑에서 일하든 저 사람 밑에서 일하든 무슨 차이가 있겠는가. 어떻게든 돈을 모아 마드리드로 가고 싶었을 뿐이었던 그 아이는 그 집에서 일하는 동안 많은 것을 깨달았다. 이런저런 생각을 가지고 그 집에 갔다가 전혀 다른 생각을 가지고 돌아온 셈이었다. 나는 일을 마치고 집에 돌아오는 손녀를 볼 때마다 끓어오르는 분노를 참을 수가 없었다. 세월이 흐르고 나니 우리가 결국 일자리를 구걸하기 위해 그들에게 머리를 조아린다고 수군거리는 마을 사람들이 떠올라 노여움이 온몸을 휩쌌기 때문이었다. 그러다 어느 날부터인가, 손녀는 내게 터놓고 말하기 시작했고, 그 집에서 일하며 깨달은 것들을 내게 이야기해주었다. 그 아이가 말한 것은 대부분 나도 알고 있는 것이었지만, 그렇게 한꺼번에 차례대로 엮어서 생각해본 적이 없었다. 만약 내 딸에게도 처음부터 그런 식으로 말해주었더라면 사라지지 않았을지도 모른다는 생각이 들자, 그 사실을 좀 더 일찍 깨닫지 못한 나 자신이 원망스러웠다. 손녀는 그건 알 수 없는 일이라고, 설령 그랬더라도 엄마는 어차피 사라졌을지 모른다고, 아니 어쩌면 그건 피할 수 없는 일이었을 거라고 한다. 하지만 진작 깨달았더라면 딸아이와 나는 서로의 마음을 더 잘 이해했을 것이고, 서로에게 소리를 지르지도 그 아이가 문을 쾅 닫고 나가버리는 일도 없었을 것이라는 생각을 떨칠 수 없다.

내 딸아이는 굉장히 예뻤다. 담비처럼 왜소하고 말라빠진 우리와는 전혀 딴판이었다. 손녀와 나는 정말이지 살이라고는 하나도 없이 비쩍 말랐다. 반면 딸아이는 몸매도 늘씬하고 아름다웠을 뿐만 아니라, 노루처럼 우아했다. 쪼그라든 몰골에 얼굴마저 누렇게 뜬 아가는 어느덧 어여쁜 소녀로 변모했고, 그 아이가 거리를 지나다닐 때면 온 마을 사람들이 넋을 잃고 쳐다보곤 했다. 나는 딸아이를 보기만 해도 마음이 흐뭇해졌다. 빵집 앞에 줄을 서서 수다를 떨던 마을 여인들은 어떻게 그런 집에서 그토록 사랑스럽고 어여쁜 여자아이가 태어날 수 있는지 도무지 알 수 없는 일이라며 수군거렸다. 그 얘기를 들은 카르멘이 내게 알려주었다. 천박한 여인네들은 우리 집안에 대해 늘 험담을 퍼부어대면서도, 아쉬운 게 있으면 여기로 쪼르르 달려오곤 했다.

어쨌든 최악은 여자들이 아니라 남자들이 함부로 내뱉는 말이었다. 오지랖 넓은 카르멘도 남자들이 무슨 말을 하는지는 알려주지 못했는데, 여자들과 달리 남자들은 자기들끼리만 그런 이야기를 나누기 때문이었다. 그들이 하는 말을 내게 알려준 이는 바로 성인들이었다. 성인들은 남자들이 내 딸아이에게 무슨 짓을 하려고 하는지 이야기해주었다. 성인들에 의하면 남자들 중 어떤 이들은 단순한 욕망으로, 또 어떤 이들은 남자들이 여자들에 대해 품고 있는 것, 즉 자신들은 욕망이라고 여기지만 실제로는 증오에 지나지 않는 감정으로 그런 이야기를 했다고 한다. 성인들은 남자들의 말을 내가 하나하나 기억할 수 있도록 정확하고 자세하게 이야기해주었다. 나는 그 말들을 잘 기억해서 머릿속에 모두 담아두었다.

나는 그중 일부를 딸에게 말해주었지만 내 말을 믿지 않았다. 그 아이는 내가 겁을 줘서 함부로 거리를 나돌지 못하게 하고, 좁은 네 벽 안에 나와 함께 갇혀 지내게 하려고 그런 말을 지어낸 거라고 했다. 그러고는 마을 사람들이 모두 나를 비웃고 미친 여자라고 부르며 뒤에서 손가락질한다고 소리쳤다. 아이는 자기가 내 딸인 것이 부끄러워 견딜 수가 없다고도 했다. 그런 거라면 나도 다 알고 있었다. 그 아이가 친구들과 함께 나를 비웃으며 내 침대 아래에서 묵주를, 침대 시트 사이에서 머리카락이 가득 든 봉지를 발견했다고 떠벌리고 다닌다는 것도 잘 알고 있었다. 그뿐 아니라, 내가 혼잣말로 뭐라고 중얼거리며, 혼절할 때마다 성인들이 내 앞에 나타난 줄로 믿는다는 말을 하고 다닌다는 것도 알고 있었다. 나는 그 아이가 누구보다 심하게 나를 헐뜯는다는 걸 알고 있었다. 자신은 나와 전혀 다르다는 것을, 전혀 닮지 않았다는 것을, 그리고 노친네의 헛소리 따위 전혀 믿지 않는다는 것을 모두에게 확인시키기 위해서 말이다.

그 모든 걸 성인들이 내게 알려주었지만, 굳이 그럴 필요조차 없었다. 나를 포함한 모든 이들에게 딸아이가 그 사실을 증명하려고 애썼으니까. 그 아이가 내게 숨기려는 것도 있었지만, 성인들은 나를 데려가 전부 말해주었다. 성인들이 들려준 이야기에 의하면 딸은 남자아이들과 함께 숲속에 가서 술을 마시고 담배를 피우는가 하면, 하라보 부부의 아들이 가져온 라디오 카세트로 음악을 듣기도 했다. 그 무렵이면 거의 모든 남자들이—일부는 공부하러, 대부분은 일하러—마을을 떠나 여름에 돌아오곤 했다. 그런데 이상하게도 내 딸이 사라진 후에는 그 누구도 다시 마을로 돌아오지 않았다. 불과 2, 3년 전만 하더라도 여름에 방학을 맞거나 휴가를 얻으면 모두들 마을로 돌아와 낮에는 실컷 자고 밤새도록 술잔치를 벌이곤 했다. 그것도 모자라 인근 마을의 파티까지 놀러 가 곤드레만드레

취한 상태로 꾸불꾸불 구부러지고 군데군데 구덩이가 생긴 이 주변의 형편없는 도로를 운전해 돌아왔다. 다행히 하느님이 가엽게 여기신 덕분에 그러다 사고로 죽은 이는 아무도 없었다.

내 딸은 공부에 뜻이 없었다. 그 비싼 학비를 대줄 이도 없는데, 아이를 무작정 대학에 보낼 수도 없는 노릇이었다. 직업훈련이라도 받으라고 해도 아이는 그마저도 싫다고 했다. 수업을 땡땡이친 날도 많았지만 아무튼 졸업에 필요한 학점을 간신히 땄다. 아이는 아무짝에도 쓸모없는 헛소리를 들으며 그렇게 오랜 시간 동안 교실에 앉아 있기는 싫다고 했다. 그렇다고 다른 일을 해도 뭐든 그리 오래가지 않았다. 겨울에 일자리를 얻으면 그럭저럭 두어 달 버티다가, 여름이 오면 곧장 때려치웠다. 밖에 나가서 놀고 싶은데 돈이 없으면 한턱내줄 사람을 찾았다. 딸에게 술을 사주려는 남자는 언제든 있었다. 어떤 남자들은 그 보답으로 무언가를 얻을 수 있을 거라고 막연히 기대를 품었던 반면, 노골적으로 대가를 요구하는 이들도 있었다.

그 아이에게 자주 술을 사준 남자 중 하나가 하라보 부부의 아들이었다. 그 집 아들은 내 딸보다 몇 살 위였고, 죽은 형처럼 변호사가 되려고 공부한 뒤 마드리드에 있는 어느 변호사 사무실에 취직했다. 하지만 그는 이 마을을 더 좋아했다. 여기 오면 말을 타고 숲을 누비면서 마음껏 사냥을 할 수 있었으니까. 한심한 녀석 같으니. 성인들은 그가 내 딸에 눈독을 들이고 있다고 귀띔해주었다. 그 빌어먹을 자식이 내 딸에게 집적거린다는 것을 알자 나는 온몸의 피가 거꾸로 솟는 듯했다. 그 집 식구들은 이미 많은 것을 가진 주제에 도대체 만족이라는 것을 몰랐다. 우리가 그들 밑에서 일했으며 마을 전체가 하라보 집안 소유의 포도밭에서 뼈 빠지게 일했음에도, 그 정도로는 성에 차지 않아 했다. 그것도 모자라 우리는 항상 그들을 기쁘고 행복하게 만들어주어야 했다.

하지만 여러분에게 거짓말을 할 생각은 없다. 솔직히 내 딸은 그 집 아들이 자기를 쫓아다니는 것을 내심 좋아했다. 어리석게도, 머지않아 자기가 이제 곧 그의 연인이 될 거라고 믿었던 것이다. 그런 남자들이 우리 같은 여자한테 접근하는 건 무언가 바라는 게 있어서야. 내가 이렇게 말하면, 그 아이는 그건 다 옛날이야기라고 맞받아쳤다. 마치 그 망나니 같은 자식이 그 집 아버지의 아들이 아니라는 것처럼. 그리고 그가 어릴 적부터 이 마을의 모든 것이 자기 거라고 믿었던 적이 없다는 것처럼 말이다.

나는 그 집 아들이 애인—나중에 그의 첫 부인이 되었다—을 마을에 데려왔을 때, 딸아이가 헛된 망상에서 벗어나게 될 줄 알았다. 그녀는 마드리드 출신으로, 그와 같은 사무실에서 일하던 어느 변호사의 딸이었다. 그녀는 매우 도도하고 퉁명스러웠을 뿐만 아니라, 아무 매력도 없었으며 몸매가 풍만하지도 않았다. 하지만 좋은 옷을 차려입고 마치 자신이 밟는 거리에 깔린 타일 하나하나에 보답이라도 하듯 귀부인같이 우아한 걸음걸이로 지나갈 때면 비싼 학교에서 배운 예의범절과 몸가짐이 눈에 확 띄었다. 그는 애인을 자기 어머니에게 맡기고 내 딸을 만나러 집으로 찾아오곤 했다. 하지만 그 아이는 그를 만나길 원하지 않았고, 그가 사라질 때까지 방에 틀어박힌 채 나오지 않았다. 그는 우리 집 대문 가까이 오지도, 벨을 누르지도 않았지만, 집 전체가 계속 흔들렸기 때문에 나는 그가 이 부근을 얼쩡거리고 있다는 것을 알아차렸다. 갑자기 벽이 덜덜 떨리기 시작했고, 공기가 답답하고 무거워져서 숨도 제대로 쉴 수 없었다.

딸아이는 그에게 화가 나 있었지만, 오히려 나한테 화풀이를 해댔다. 이 집에 살면서 우리는 서로의 속을 다 갉아먹을 때까지 서로를 향해 증오의 감정을 퍼부어대곤 했다. 그 당시만 해도 나는 내 손녀딸이 내게 말한 것들을 채 알지 못했다. 다만 그 아이가 너무 어리석게 굴어서, 또 하라보네 사람들은 우리에게 이불을 펴고 개는 것 이상을 바라지 않는다고 여러 차례 말했건만 내 말을 들은 척도 하지 않아서 화가 났을 뿐이었다. 반면 그 아이는 결국 내 말이 옳았고 내가 했던 말이 모두 현실이 된다는 것을 깨달을 때마다 분노로 치를 떨었다. 우리가 악에 받쳐 서로에게 소리를 지를 때마다, 집 전체가 움츠러들듯 사방에서 벽이 우리를 향해 점점 다가왔다. 벽 또한 심하게 요동치면서 갑자기 옷장 문이 열렸다 닫히길 반복했다. 당장이라도 지붕이 머리 위로 무너져 내릴 것처럼 천장에서 위태롭게 삐거덕거리는 소리가 났다. 하지만 더 나쁜 것은 어둠의 그림자들이었다. 그것들은 우리의 발목을 잡아 넘어지게 하고, 옷자락을 잡아당겼으며, 머리카락에 매달리는가 하면, 옷장 안에 있던 접시와 유리잔을 꺼내 우리에게 던지기 시작했다. 우리가 싸우면 그것들은 화를 냈고, 차라리 엄마가 죽었으면 좋겠어, 라든지 너 같이 모자란 아이를 낳지 않았더라면 얼마나 좋았을까, 라고 서로에게 고함과 욕설을 퍼부어대는 것을 듣고 격분했다.

하라보네 아들이 도도한 애인과 함께 마을에 나타난 지 보름 뒤, 내 딸은 우에테* 출신의 일꾼들과 함께 어울리다

* 쿠엥카에 있는 소도시. 스페인 내전 당시 작은 병원이 있던 곳이다.

미장이로 일하던 어느 청년과 사귀기 시작했다. 어느 날 밤, 나를 찾아온 성녀가 내 곁에 누워 그 사실을 알려주었다. 그 성녀가 후광으로 침대 시트를 태워버리는 바람에 그것을 버려야 했던 것이 지금도 기억난다. 그 청년은 아주 건실하고 부지런해 보였지만, 내 딸은 그를 그다지 마음에 들어 하지 않았다. 순전히 절망감과 질투심에 사로잡혀 억지로 만났던 것이다. 사실 그 정도는 성녀가 굳이 말해주지 않아도 나도 이미 눈치채고 있었다. 그 청년은 내 딸을 데리러 오면, 마당의 석조 벤치에 앉아 그 아이가 내려올 때까지 기다리곤 했다. 때로는 한 시간이나 기다린 날도 있었다. 그런데 그 아이는 내가 그 청년을 집으로 들이지 못하게 했다. 돌이켜보면 나와 이 집을 부끄러워했던 것 같다. 여기저기 긁힌 바닥과 누렇게 얼룩진 벽, 그리고 내가 어머니에 대한 원망으로 한 번도 바느질을 배우지 않은 탓에 암홀을 엉성하게 꿰맨 데다 옷소매도 짝짝이인 낡은 옷을 그에게 보여주기 싫었던 것 같다. 마침내 딸아이가 마당으로 내려오면, 미장이 청년은 그 아이의 아름다운 자태를 넋을 잃고 쳐다보았다. 심지어는 바보처럼 입을 헤벌리고 있었다.

그로부터 이십 일 뒤, 자기를 개처럼 졸졸 따라다니는 남자에게 진저리가 났는지 하라보네 아들이 마드리드로 돌아가자마자 딸은 그와 더 이상 만나지 않겠다고 했다. 물론 그 청년은 그 말을 순순히 받아들이지 못했다. 그는 내 딸이 가는 곳이면 어디든 쫓아다니더니, 급기야는 우리 집까지 찾아오기 시작했다. 그는 대문 앞에 서서 내 딸을 기다리며 커튼 사이로 언뜻 비치는 그 아이의 모습이라도 보려고 애를 썼다. 밤이 되어도 자리를 떠나지 않았다. 날이 갈수록 딸아이의 속앓이가 심해지자 이 집도 덩달아 불안에 떨기 시작했다. 창밖을 내다볼 때마다, 대문 쇠창살 앞에서 기다리고 있는 남자의 모습이 보였다. 그는 일도 나가지 않았고, 잠도 거의 자지 않았다. 그의 어머니는 만나는 사람들마다 우리 때문에 아들이 그렇게 된 거라면서 내 딸과 사귀기 전까지는 한 번도 그런 적이 없었다고 하소연했다. 나는 딸아이에게 저 남자가 단념하도록 해주겠다면서 넌지시 속을 떠봤지만, 아이는 고개를 절레절레 흔들 뿐이었다. 그 아이는 눈 하나 깜짝하지 않으며 어차피 제풀에 지쳐 떠날 테니까 더 이상 그런 헛소리는 하지 말라고 했다.

하지만 그는 제풀에 꺾이지 않았다. 누구든 그렇게 쉽게 물러서지는 않는 법이다. 다만 상황이 더 나빠졌을 뿐이었다. 어느 날 밤, 부엌에서 냄비를 닦고 있는데 천장에 성녀가 나타났다. 성녀는 연기와 기름때로 누렇게 변한 천장에 눈부신 후광을 드리우며 모습을 드러냈다. 성녀는 내 딸이 임신을 했으며 곧 딸을 낳을 거라고 말해주었다. 성녀가 얼마나 오랫동안 나를 데려갔는지 모르겠지만, 제 정신이 들었을 때는 이미 날이 훤히 밝아오고 있었다.

딸아이의 배가 표 나게 불러오자 임신 소식이 온 마을에서 화제가 되었다. 그 소식은 못돼먹은 인간들에게 좋은 먹잇감이었다. 지난 몇 년 동안 그들은 내가 어떻게 그런 예쁘고 사랑스러운 딸을 낳았는지 궁금해했지만, 이제야 모든 의혹이 말끔히 풀린 셈이었다. 그 아이는 자기 어머니만큼이나 뻔뻔스러우며, 딸이나 어머니나 모두 망나니 같은 놈들이랑 어울리다 결국 임신을 하게 됐다는 것이 그들의 생각이었다. 결과적으로 그 아이가 내 팔자를 닮았다는 것이 드러났다.

그로 인해 내 딸은 나를 더 미워하게 되었다. 그 아이는 항상 자기가 나보다 낫다고 생각했을 뿐만 아니라, 좋은 조건의 남자와 결혼해 여기를 떠나면 영원히 이 썩어가는 땅에 발을 들여놓지 않아도 될 거라고 믿고 있었다. 하지만 그 아이는 결국 나의 전철을 밟아 너무 이른 나이에 임신하게 되었다. 아이는 온 마을 사람들이 비난했던 것처럼 모든 것을 자신의 탓으로 돌리면서, 그가 아무리 집요하게 요구하더라도 말렸어야 했다고 믿었다. 그 아이는 스스로를 증오했고, 나에게서 자신의 모습을 보았기 때문에 나도 증오했다. 그 아이는 10년이 흐른 뒤에도 여전히 이 집에 갇힌 채 닳아 해진 옷을 걸치고 원치 않던 멍청한 아기와 함께 살아가고 있는 자신의 미래를 상상하곤 했다.

결국 딸아이가 그 미장이 남자에게 돌아간 것은 나의 운명을 되풀이하지 않기 위해서인 것 같았다. 어쩌면 그 아이는 아무리 나쁜 놈이라도 없는 것보다 더 나을 것이며, 잘하면 여기를 영원히 떠날 수 있는 기회가 될 거라고 믿었는지도 모른다. 며칠 동안 미친놈처럼 우리 집 앞을 지키고 서 있던 놈팡이의 품으로 그 아이가 돌아가는 모습을 보면서 나는 복받쳐 오르는 울화를 참을 수가 없었다. 그런 놈들은 이 땅에 발을 붙이기 전에 당장 내쫓아버려야 한다.

한동안은 모든 일이 잘 풀리는 것 같았다. 둘은 배 속의 아기가 태어날 때까지 결혼식도 올리지 않고 동거도 하지 않기로 결정했지만, 그는 내 딸이 이미 자기 아내라도 된 것처럼 당당하게 팔짱을 끼고 온 마을을 돌아다녔다. 그는 그 아이를 차에 태우고 쿠엥카로 데려가 고급 레스토랑에서 식사를 하는가 하면, 온 마을이 술렁거릴 만큼 비싼 팔찌와 귀걸이를 사주기도 했다. 원래 내 딸은 놀라울 정도로 예뻤지만, 임신 이후로 훨씬 더 아름다워졌다. 그 아이를 보는 것만으로도 마냥 기쁘고 행복했다.

그런데 그해 봄에 여자아이가 태어나자 내 딸은 의도적으로 그 남자를 피했다. 이 핑계 저 핑계를 대면서 결혼식을 차일피일 미루었다. 다시 여름이 왔고, 그 아이는 마을로 돌아온 청년들과 놀아나기 시작했다. 며칠 동안 집에 들어오지 않은 적도 여러 번 있었다. 내 딸을 찾으러 온 그 남자는 질투심에 눈이 멀어 마치 문을 부술 것처럼 주먹으로 세게 내리쳤다. 그럴 때면 아기는 몹시 놀란 듯이 자지러지게 울음을 터뜨렸고, 집 안 공기는 기름처럼 혼탁해졌다.

그런 와중에 하라보네 아들도 마을로 돌아왔다. 이번에는 애인을 데려오지 않았지만, 그의 어머니는 다음 여름에 결혼식을 올릴 거라면서 동네방네 떠들고 다녔다. 결혼식을 올리든 말든 그 집 아들은 전혀 관심이 없는 것 같았다. 그 대신, 예전처럼 눈이 벌게져서는 계속 내 딸을 찾으러 다녔다. 그 아이는 오히려 그런 상황을 즐기는 눈치였다. 아기는 요람에 눕혀두고 남자 친구는 여전히 결혼식장에 세워둔 채, 그 바보 같은 것은 하라보네 아들이 마을에 나타나자마자 뒤를 쫓아다니기 바빴다. 나는 딸아이 때문에 속이 썩어 문드러지는 것 같았다. 두 놈 중에서 누가 더 싫고, 어떤 놈이 더 위험해 보이는지조차 우열을 가리기 어려웠다.

그 아이가 돌아와 문에 들어서자마자 우리는 서로에게 독설을 퍼붓기 시작했다. 우리가 얼마나 악다구니를 부리며 소란을 피웠는지, 온 마을에서 그 소리를 다 들었을 것이다. 나는 참다못해 남자들과 흥청망청 놀려고 어린 딸을 내팽개치다니 어디서 배워먹은 짓이냐고 버럭 소리를 질렀다. 그러자 그 아이도 쓸데없이 자기 인생에 간섭하지 말고 내 할 일이나 하라고 말대꾸했다. 내가 배은망덕한 년이라고 소리치자, 그 아이는 나더러 미친 여자라고 맞받아쳤다. 이어서 그렇게 살다가는 결국 험한 꼴을 당할 거라고 내가 고함을 지르자, 그 아이는 나보다 더 비참하게 될 리는 없을 거라고 맞받아쳤다. 아기가 악을 쓰며 울었고, 우리 둘은 서로에 대한 원한에 사무쳐 있었다. 우리의 가슴속에 맺힌 응어리는 집의 벽을 온통 부풀어 오르게 할 정도로 불어나 있었다.

딸아이가 사라진 그날도 우리는 심한 말다툼을 벌였다. 내가 그렇게 딸을 떠나보낸 것이 죽는 그날까지 가슴에 한이 되어 맺히리라는 것을, 몬테의 성모마리아는 알고 계신다. 딸은 집이 다 흔들릴 정도로 세게 문을 닫고 떠나 버렸다. 그리고 다시는 나타나지 않았다. 며칠 후 그 아이의 그림자가 우리 집 문을 두드렸지만, 그건 더 이상 내 딸이 아니었다. 두 남자 중 누가 내 딸을 데려갔는지 끝내 알 수 없었다. 아무리 사정을 해도 성자들은 내게 사실대로 말해주지 않았다. 나는 가슴에 구멍이 난 사람처럼 30년 동안 괴로움과 슬픔을 안고 살았다. 하지만 내 손녀가 그 모든 것을 설명해주었을 때, 나는 성자들이 딸을 데려간 남자의 이름을 밝히지 않은 것은 둘 중 누가 그랬든 아무 상관이 없기 때문이라는 걸 깨달았다. 두 남자 모두 저마다 잘못이 있었고, 어느 쪽도 아직 그 대가를 치르지 않은 상태였다. 그 망할 놈들은 마치 내 딸이 이 세상에 존재하지 않았던 것처럼 살아갔다. 그중 하나는 그다음 해 여름에 애인과 결혼했고 한편 다른 남자는 몇 년 후 에밀리아와 결혼했다. 그 작자들은 아무 일도 없었다는 듯이 자식들을 낳았다. 마치 내게서 딸을 앗아 가지 않았던 것처럼. 마치 내가 그들에게서 빚을 받아내지 않으리라고 확신하는 것처럼.

9

그들은 그 남자아이 때문에 많이 울었다. 하지만 울음소리는 이 집에 닿지 않았다. 하긴 이 징글징글한 집구석에는 아무것도 찾아오지 않는다. 여기서 나가는 것도 없지만, 오는 것도 없다. 물론 죽은 자들만 제외하고. 그들은 슬픔과 고통을 문턱까지 질질 끌고 와서 문과 벽과 선반과 우리들의 머리카락과 발목 등 아무것이나 닥치는 대로 붙잡고 늘어진다. 산 자들은 무언가 부탁할 것이 있거나 우리를 데려가려는 일이 아닌 한, 즉 무언가 간절히 바라거나 필요한 것이 없는 한, 여기 오지 않는다.

마을의 아낙네들은 하루 종일 그 남자아이의 어머니 울음소리가 들린다고 입을 모았다. 그 집 대문 앞을 지나갈 때마다 밤이든 낮이든 온종일 그녀의 흐느끼는 소리가 새어 나온다고 했다. 나는 카르멘이 우리 집에 찾아와 할머니에게 하는 이야기를 위층에서 다 들었다. 하라보 부인은 여느 부자들처럼 얌전히 흐느꼈다고 했다. 큰 소리로 울부짖는 것은 소란을 피우고 예의범절을 모르는 자들과 가난한 자들이나 하는 짓이기 때문이다. 그러나 그녀가 숨죽여 우는 소리는 다른 집 마당에서도 거리에서도 다 들렸다. 여자들은 수다를 떨 만한 이야깃거리를 낚기 위해, 남자들은 바에서 안줏거리 삼아 떠들 새로운 소식이 있는지 알아보기 위해 부지런히 그 집 앞을 지나다녔다.

그런 그녀였지만, 텔레비전에 출연했을 때는 거의 울지 않았다. 텔레비전 화면에 나온 그녀는 아주 우아하고 아주 날씬하고 아주 젊고 아주 곱게 화장하고 아주 잘 차려입은 모습이었다. 비싼 학교를 나온 그녀는 말할 때 발음이 아주 정확해서 에흐케라고 하지도 않았으며 보니코스, 무치스모, 엥카와 같은 말을 쓰지도 않았다.* 그녀는 난리법석을 피우기는커녕, 한 글자 한 글자 또박또박 발음을 뭉개지 않고 정확하게 말했다. 비록 어린 아들이 사라

* 에흐케(ejque)는 '사실은'이라는 뜻의 에스 케(es que)를 다르게 발음한 것이다. 이렇게 자음 앞의 's'를 'j'로 발음하는 현상은 마드리드 주변 지역과 아빌라, 쿠엥카 등지에서 발견된다. 보니코스(bonicos)와 무치스모(muchismo)는 각각 '귀여운'이라는 뜻의 보니토스(bonitos)와 '아주 많은'이라는 뜻의 무치시모(muchísimo)의 변이어다. 엥카(enca)는 '~의 집에서'라는 뜻의 엔 카사 데(en casa de)의 축약 형태이다.

졌지만, 그녀는 소란을 피우지도 손에 머리카락이 한 움큼 잡힐 정도로 머리를 쥐어뜯지도 그런 처벌받을 짓을 한 놈을 만나면 머리통을 부숴버릴 거라고 악다구니를 쓰지도 않았다. 그녀는 언성을 높이거나 욕설을 쏟아내지도 협박을 하거나 저주를 퍼붓지도 않고 차분하게 할 말을 끝까지 다 했다. 슬픈 표정으로 보아 괴로워하고 있는 것이 분명했지만 속으로 그 모든 슬픔과 고통을 삼키는 듯했다. 다만 그녀가 말을 마치는 순간 눈물 한 방울이 흘러나왔을 뿐이다. 그녀는 뺨을 타고 내려오는 눈물 한 방울이 턱에 닿기 전에 우아하게 닦아냈다. 물론 그녀가 쓴 화장품은 시장에서 2유로를 주고 산 싸구려가 아니라 고급이었기 때문에 눈물이 마스카라를 타고 흘러내리며 뺨에 보기 흉한 얼룩을 남기는 일은 없었다. 부인의 화장실에 들어갈 때면, 나는 내 한 달 치 월급과 맞먹는 파우더 용기를 멍하니 바라보곤 했다. 순서대로 가지런히 놓여 있는 화장품 용기들을 보면서 저런 걸 살 만큼의 돈을 모으려면 대체 몇 달 몇 년이나 일해야 하는지 그 멍청한 녀석의 코를 얼마나 더 닦아줘야 하는지 앞으로 얼마나 더 그 꼬마에게 머리를 쥐어뜯기면서도 참아야 하는지 생각했다. 그런 걸 보면서 어떻게 속이 썩어 문드러지지 않을 수 있었겠는가 그렇게 그 집에서 일하면서 어떻게 울화가 터지지 않을 수 있었겠는가 그러면서 어떻게 그 모든 것을 이해하지 못할 수 있었겠는가.

나는 부인의 기자회견을 보긴 했지만 제대로 듣지 않아 무슨 말을 했는지 모른다. 그저 완벽하게 손질한 머리 완벽하게 칠한 매니큐어 완벽하게 다려 입은 셔츠만 보일 뿐이었다. 저 완벽함 뒤편에 얼마나 많은 사람이 있을까 바퀴벌레 덫과 곰팡이 얼룩이 가득한 집에 살면서 은행 대출을 갚고 각종 납입금을 내야 하는 저임금 노동자들이 그녀를 완벽히 단장하는 일에 얼마나 많이 동원되어왔을까. 머리 염색을 담당하는 미용사, 매니큐어를 칠해주는 네일 관리사, 옷을 다림질해주는 상주 가정부, 오랜 세월 동안 받은 미용 시술이 만약 없었다면 어린 시절부터 손이 더러워지지 않도록 그녀를 돌봐준 보모들 수십 년 동안 그녀의 옷에 먼지 기름때 더러운 것이 묻지 않도록 해준 하녀들 정확하게 발음하도록 말을 또박또박 잘하도록 그래서 남들 앞에서 결코 무너지지 않도록 공들여 가르쳐준 학교 선생님들이 아예 없었다면 기자회견에서 부인이 말하는 순간, 실성한 것처럼 소리를 지르며 저주를 퍼붓고 남을 험담하고 's'라고 해야 할 곳에서 'j'로 발음하고 또렷이 발음해야 할 음절을 멋대로 집어삼키면서 누군가 내 아이를 데려가버렸다고 말했을 때 그 말을 진지하게 받아들여줄 이는 아무도 없을 것이다. 만약 그렇다면 사람들은 아, 저 어머니에게 큰 불행이 닥쳤군요, 하면서 대강 안타까워하겠지만, 결코 그 말을 진지하게 받아들이지는 않을 것이다.

그녀가 기자회견에서 무슨 말을 했는지는 모르겠지만, 그건 아무래도 상관없다. 정말 중요한 것은 다른 이들에게 그녀의 가족이 주변에서 흔히 볼 수 있는 가족이 아니고 실종된 아들 또한 주변에서 흔히 볼 수 있는 남자아이가 아니라는 점이었다. 그래서 수사기관은 야근을 밥 먹듯이 하고 수시로 외부 자문을 구하면서 필요한 모든 수단과 방법을 총동원하여 그 아이의 행방을 철저하게 찾아야 했다. 이 사건은 단서가 될 만한 것이 전혀 없을 때 가족에게 전화를 걸어 저희는 지금 할 수 있는 노력을 다하고 있다고 하지만 아무것도 모르겠다고 죄송하지만 앞으로 상황을 계속 지켜보겠다고 말한 다음 수사 기록을 문서 보관함 구석에 처박아두는 경우와는 전혀 달랐다. 이 사건은 아무런 결과를 얻지 못하면 다수에게 욕을 먹을 뿐만 아니라 정부 부처와 판사한테 수시로 전화가 와서 지금 상황이 어떻게 돌아가는지, 실종된 아이를 찾지 못하면 이제 어떻게 되는지 들으며 혼쭐이 날 수밖에 없는 사건이었다. 그건 매일같이 텔레비전에 나오면서 중요한 사람들을 불안하게 만드는—그들은 매니큐어 아주 정확한 ‘s’ 발음 비싼 옷을 보고 그녀가 자기와 같은 부류의 사람이라는 것을 눈치채기 때문이다—그런 사건이었다.

이 세상은 그런 부류의 아이들이 사라지는 것을 용납하지 않았고, 실제로 그런 아이들은 절대 사라지지 않는다. 초등학교에 들어가기 전에 세 개의 언어를 구사하는 그런 아이들은 결코 사라지지 않는다. 사라지는 아이들은 소란을 피우고 거리에서 악다구니를 쓰며 샤워도 못 할 정도로 각박하게 살면서 머리도 감지 않은 채 텔레비전에 나오는가 하면 기운이 없어 침대에서 일어나지도 못하는 어머니의 자식들이다. 그래서 방송국 카메라들은 그런 여인들의 지저분한 머리와 싸구려 옷 그리고 극도의 불안감에 사로잡혀 물어뜯은 손톱을 화면에 담았다. 카메라들은 속과 겉이 만신창이가 된 그녀들의 모습을 촬영했고 값싼 가구들만 있고 한물간 커튼이 달린 그들의 집을 찍었다. 그도 그럴 것이, 그런 여자들에게는 자기를 돌봐줄 둘 셋 넷 이상의 사람들도 없고 기자회견을 준비해줄 변호사도, 적당한 장소를 찾고 언론 매체를 부른 다음 어떤 말을 하고 어떻게 움직일지 알려주며 지루한 텔레비전 토론을 몇 시간 동안 진행하기 위해 시시한 이야깃거리만을 원하는 기자들에게 무슨 말을 할 것인지 조언해줄 로펌도 없다. 그런 여자들에게는 변호사도 없고 하녀도 없고 하여간 가진 것이 하나도 없다. 사람들은 그들의 실상을 보고 가슴 아파하면서도 사라지는 건 바로 그런 여자들의 아이들이라는 것을, 여러 나라 말을 할 줄 모르고 비행기를 타본 적도 없는 그런 아이들만이 사라진다는 것을 이해하게 된다. 그런 일이 누군가에게 일어나기를 바라는 이는 아무도 없다. 누가 봐도 분명 끔찍한 일이지만, 그래도 언론이 그 아이들을 금방 잊어버리고 아이들 또한 곧장 통계자료에서 하나의 숫자로 변하니 그나마 다행이다. 숫자 하나 때문에 가슴 아파하는 이는 아무도 없기 때문에 더 이상 그런 일로 슬퍼할 사람은 없다는 것을 모두 알고 있다. 실제로 가장 가엾고 딱한 것은 금발의 백인 아이들—우리는 그 아이들이 가장 좋아하는 장난감 가장 선호하는 색깔 키우는 강아지의 이름을 모두 안다—이다.

아이의 아버지도 기자회견에 참석했지만 말을 거의 하지 않았다. 눈물을 흘리는 어머니를 보면 누구든 마음이 부서지기 때문에 기자회견의 주인공은 단연코 부인이었다. 반면 남자는 사정이 다르다. 물론 눈물을 흘리는 남자에게도 아픔 비슷한 걸 느끼지만, 그건 슬픔이나 괴로움이라기보다 산에 갔다가 천둥이 칠 때 서서히 다가오는 불안감에 가깝다. 우는 어머니가 보는 이의 가슴을 찢어지게 만든다는 것은 누구나 아는 사실이지만, 가난한 집에서 아들이 사라진다면 그 아버지는 그런 생각을 할 겨를도 없이 썩어 문드러진 마음을 어딘가에 토해내지 않으면 견딜 수 없을 것 같아서 경찰과 판사에게 폭언을 퍼붓기 시작할 것이다. 반대로 변호사나 로펌이 있는 경우라면, 그들은 아버지를 어머니 뒷자리에 앉힌 다음 기자회견 내내 아내의 손을 잡고 절대 놓지 말라고 할 것이고 아내가 말을 마치면 반드시 그녀에게 애정을 표현하고 경찰 및 사법 당국에도 감사를 표하라고 조언할 것이다.

아이의 아버지는 그들의 지시에 따라 잘 처신했다. 심지어 카메라에 비친 그의 모습은 실제 나이보다 젊어 보였고 아이와 똑같은 곱슬머리와 비싼 셔츠 덕분에 잘생겨 보이기까지 했다. 화면으로 남자의 모습을 본 사람이라면 누구든 그가 사라진 아이를 걱정하면서 매일 아내의 손을 따뜻하게 잡아주었기 때문에 그런 행동이 자연스럽게 나온 거라고 말할 것이다. 저 집안을 전혀 몰랐다면, 나였어도 그렇게 생각했을 것이다. 남자들은 몸짓 하나만으로 모든 이들의 눈에 좋은 아버지로 비쳐질 수 있기 때문에 나라도 저렇게 좋은 아버지가 고통을 당하고 있는 모습을 보면 몹시 안타까워했을 것이다. 하지만 나는 저 집에서 오랜 시간을 보낸 터라 남자가 아이에게 눈길 한 번 주지 않았고 게다가 아내를 거들떠보지도 않았는데, 그녀의 입장에서는 차라리 그게 더 편했다는 것을 알고 있었다. 하라보 부인을 보면서 나는 아무리 돈이 많아도 그런 부류의 남자로부터 벗어날 수 없다는 것을, 그리고 언제든 식구들에게 난폭하게 구는 그런 쓰레기 같은 남자들은 자기 회사를 가졌고 임대료 높은 땅과 아파트가 아무리 많아도 소용없다는 것을 깨닫게 되었다. 그동안 나는 부잣집 여자들이 그런 문제를 훨씬 더 쉽게 해결할 수 있으리라고 생각했다. 가방을 챙겨 집을 나와 변호사 둘 셋 넷을 부르기만 하면 전남편으로부터 돈을 받아낼 수 있을 테니까. 하지만 그때 깨달았다. 그렇게 살아간다는 것은 작은 숟가락 하나로 쉬지 않고 구덩이를 파는 것처럼 조금씩 그러나 끊임없이 계속 여자들을 파괴한다는 것을 말이다. 가령 여자들이 용기를 내서 친구에게 전화를 걸어 사정을 털어놓으며 더 이상 못 참겠어, 라고 한 다음 자기 아버지에게 전화를 걸어 나 여기를 떠날 거야, 라고 할 수도 있다. 그러면 친구는 남편이 위자료를 안 주려고 할 거야, 게다가 넌 아이와 단둘이 남게 될 거고 아이도 전학을 가야 할 거야, 라고 말할 것이고 아버지는 괜한 일로 소란을 피우지 마, 골치 아픈 일에 엮이기 싫으니까, 라고 단호하게 말할 것이다. 어떤 경우든 돈이 있으면 좀 낫기 마련이다. 돈은 세상 모든 것에 적당히 기름칠을 해서 그 무엇도 삐거덕거리지 않게 하고, 모든 것이 제자리에 딱 들어맞게 하고, 아무것도 고장 나거나 부서지지 않도록 어느 날 갑자기 멈칫거리다 멈춰 서지 않도록 모든 부품 조각들이 딸깍딸깍딸깍거리는 소리를 내며 정상적으로 작동하게 하는 것이다. 우리처럼 가난한 이들은 결코 맞지 않아 삐걱대는 부품 조각들을 망치로 두들기며 평생을 보내지만, 부자들은 모두 피로한 기색 없이 반들반들 혈색이 좋고 차분하다. 하지만 아무리 돈이 많아도 그런 남자로부터 벗어날 수 없다는 것을 그 집에서 깨달았다. 부잣집 여자들도 남자들을 조심해야 한다. 예상치 못한 순간에 질투심 많고 난폭한 남자가 나타나, 숟가락으로 사각사각사각사각사각사각거리는 소리를 내며 그녀를 묻어버릴 구덩이를 파기 시작할지도 모르는 일이니까.

휴대전화로 본 기자회견은 연결이 자주 끊어지는 바람에 단편적으로만 볼 수 있었다. 부인이 뭐라고 할지 궁금하긴 했지만, 주인 나리가 이미 내게 하고 싶은 말을 다 한 데다 내 인생을 끝장내버릴 거라고 엄포를 놓은 터라 뭐라고 하든 달라질 건 없었다. 물론 그가 내게 직접 그런 말을 한 것은 아니다. 어쨌든 몸을 낮추어 하녀의 집으로 찾아올 사람은 아니었으니까. 그는 그런 일—다른 일도 마찬가지겠지만—을 맡길 만한 사람을 수하에 두고 있다. 그는 관리인을 여기로 보냈다. 우리 집에 찾아온 관리인은 작업 중에 말을 주고받는 인부들에게 30분만 쉬게 해 달라는 인부들에게 포도밭에서 열 시간 동안 웅크리고 앉아 일했더니 아파서 못 견디겠다고 하소연하는 인부들에게 호통을 치는 역할을 맡은 사람이었다.

그때까지 과르디아 시빌은 아직 나를 체포하지 않고 몇 시간에 걸친 신문만 마친 상황이었다. 더구나 나는 그날 그 아이를 보살피고 있던 당사자였고 마지막 목격자였기 때문에 같은 이야기를 여러 번 진술해야만 했다. 그러나 주인 나리는 내가 뭐라고 하든 전혀 신경 쓰지 않았다. 그가 원하는 것은 맡은 일도 제대로 못 하는 형편없는 하녀를 화가 풀릴 때까지 두들겨 패는 것뿐이었다. 실제로 그는 나를 길거리로 끌고 나가 죽기 직전까지, 거의 초주검이 될 때까지 때리려고 했다. 그도 그럴 것이, 하인들의 경우 일을 태만히 하거나 본인 실수로 농작물 수확이나 거래에서 손해가 나거나 암말이나 아이를 잃어버리면 그와 같은 처벌을 받기 때문이다. 물론 나는 그가 느낀 분노의 심정을 이해할 수 있다. 하녀가 실수로 아들을 잃어버린다면 어느 아버지든 머리채를 휘어잡아 질질 끌고 가고 싶을 정도로 부아가 치밀 거라는 것도 충분히 이해할 수 있다. 하지만 나는 만약 아이가 친구들이나 가족들 중 누군가와 함께 있다가 사라진 거라면 그가 그렇게 분노하지 않았으리라는 것도, 그의 분노가 하녀의 실수로 인해 생겨난 감정이라는 것도 잘 안다.

관리인은 두 번 고함을 지르고 떠났다. 그러자 할머니는 문을 열고 문턱에 서서 그를 바라보았다. 할머니가 검은 가운을 걸치고 머리를 길게 풀어 헤친 채 빤히 쳐다보면 누구든 겁을 집어먹는다. 그런데 그도 집에서 무언가 이상한 기운을 느꼈는지 방의 작은 창문을 쳐다보더니 잠시 고개를 숙였다. 그때 나는 침실 창가에 있었다. 그는 나를 못 봤지만, 나는 그를 보았다. 그리고 그가 숨기려고 했지만 끝내 숨기지 못했던 순간적인 공포를 분명하게 알아차렸다. 그는 무언가를 봤을 수도 있고, 어쩌면 이 집이 굶주린 짐승처럼 자기에게 달려들려 한다는 것을 느꼈을 수도 있다.

주인 나리는 더 이상 집으로 관리인을 보내지 않았지만, 스스로 다짐한 대로 어딘가에 전화를 걸었을 것이다. 관리인이 다녀간 다음 날, 과르디아 시빌은 나를 체포해서 감옥에 가두었다. 어쩌면 내가 수차례에 걸쳐 같은 이야기를 하는 동안 무언가 실수를 저질렀을지도 모르지만, 아무리 생각해도 그런 것 같지는 않다. 나는 그 이야기를 머릿속으로 여러 번 되풀이했고 과르디아 시빌 앞에서도 수없이 반복했으며 항상 같은 말을 했다. 그들도 수상히 게 여기지 않는 눈치였고 내게 더 이상 질문하지 않았다. 아무리 봐도 문제 될 게 없었는데, 돌연 그들은 뭐라도 하는 것처럼 보이게 하려는 듯 나를 체포했다. 실종된 지 엿새가 지나자 아무도 그 남자아이가 살아서 돌아오리라고, 아직 누군가한테 유괴되어 있을 거라고는 생각하지 않았다. 어린아이가 혼자서 그렇게 오랜 시간 동안 버티기도 어려운 데다 몸값을 요구하는 이도 없었기 때문이었다. 그런 말을 차마 입 밖에 내지는 않았지만 다들 그 아이가 죽은 것으로 여겼다. 자기들끼리는 그 아이가 죽었을 거라고 수군댔지만, 막상 집 밖에 나오면 스스로를 타이르기 위해 또한 하라보네 식구들에게 말이 새어 나갈지 몰라 희망을 잃지 말아야 한다고 목소리를 높이곤 했다.

그들은 뭐라도 하는 시늉을 해야 했기 때문에, 변호사도 도와줄 사람도 구해달라고 전화할 곳도 없는 나를 체포한 것이다. 수중에 돈은 한 푼도 없었다. 그래서 국선 변호인이 항소하고 끝내 아무 혐의도 밝혀지지 않아 석방될 때까지 감옥에 갇혀 있어야 했다. 하지만 그건 체포된 지 석 달이 지난 후의 일이었다. 그동안 나는 변호사와 딱 한 번 만났고 한 차례 전화 통화를 나누었을 뿐이다. 물론 할머니와는 몇 차례 만나서 이야기를 했다. 나는 할머니에게 버스를 세 번이나 갈아타다 보면 몸이 늘어지고 멀미가 날 수도 있으니까 오지 말라고 했다. 할머니가 나이에 비해서는 건강한 편이지만 버스를 여러 번 갈아타면 자칫 혈압이 떨어질 수 있고 누구든 삶의 의욕이 사라지므로 앞으로 면회를 오지 말라고 했다. 게다가 마을 사람들은 모두 내가 그 아이를 죽였다고 생각하기 때문에 웬만하면 집 밖으로 나가지 말라고도 했다. 할머니는 내가 하는 말에 그다지 개의치 않았다. 어쨌든 할머니는 마을에 그리 자주 나가지 않았으니까. 밭에 가보거나 고양이들이 여러 날 보이지 않으면 혹시라도 절벽에 떨어지지나 않았는지 찾으러 다니고, 아니면 사냥꾼들이 숨을 장소를 표시하기 위해 나무에 묶어놓은 리본을 떼려고 집을 나서는 경우가 전부였다. 언젠가 할머니가 마을에 있는 약국에 갔던 날, 모두 힐끗힐끗 쳐다보았지만 아무도 말을 걸지 않았다고 했다. 이 마을 사람들은 죄다 천박하고 비열하지만 무엇보다 비겁하기 때문에 그리 놀랄 일도 아니다.

마을 사람들은 할머니에게 아무 말도 하지 않았지만, 모두가 그 일에 대해 이야기하고 있었다. 따지고 보면 이 집에서는 좋은 일이 생긴 적도 없거니와 내 어머니라는 사람은 나를 내팽개치고 떠난 뒤 영영 돌아오지 않은 데다 할머니는 가슴 밑바닥에서 우글거리는 분노와 울분을 이기지 못하고 남편을 죽였는데, 어떻게 내게 아무 허물도 없겠는가. 우리 집안이 얼마나 비뚤어지고 뒤틀어졌는지는 우리 꼴만 봐도 금방 알 수 있었다. 여자들은 죄다 과부거나 독신이며 남자들은 모두 견디지 못하고 일찍 세상을 떠났으니까.

언론은 안 그래도 나쁜 상황을 더 악화시켰다. 기자들이 마을에 찾아와 아무에게나 마이크를 들이대면 마을 사람들은 라디오 방송국 카메라를 향해 자기 말을 듣고자 하는 이라면 누구든 온갖 이야기를 씨불댔기 때문이었다. 갈수록 더 많은 기자들이 마을로 몰려들었고 하다못해 이젠 황당하기 짝이 없는 이야기까지 다 주워섬기기 시작했다. 가령 토론 프로그램에서는 멍청한 푸줏간 여주인과 못돼먹은 과일 장수의 인터뷰 영상이 여러 차례 반복해 나왔다. 푸줏간 여주인은 우리 할머니가 마당에서 벌거벗고 목욕을 하며 옷장 안에 숨어 지내는 미친 여자라고 했으며, 과일 장수는 사람들이 무언가를 부탁하러 가면 할머니가 고양이를 이용해 주문을 걸고 저주를 내린다는 소문이 온 마을에 파다하다고 했다. 할머니는 마을 사람들이 자기에게 미쳤다고 악담을 퍼부어도 아랑곳하지 않았지만, 고양이와 관련된 소문을 듣고는 불같이 화를 냈다.

할머니는 고양이들을 무척 아끼고 사랑했는데, 심지어는 자기가 하녀로 일하던 집의 주인에게도 쓰지 않으려 했던 존칭을 그 녀석들에게 붙여 말하기까지 했다.

내가 그 아이를 죽였다는 생각이 모두의 머릿속 깊이 박혀 있었다. 더구나 그 생각을 머리에서 깨끗이 지울 방법도 딱히 없었던 터라 내가 풀려났을 때도 사람들은 입을 다물지 않았다. 그 아이의 부모가 다시 사람들 앞에서 호소하기 시작하자, 언론사들은 앞을 다투어 그들을 인터뷰했다. 부부는 단정하고 맵시 있는 옷차림으로 거실 소파에 꼿꼿이 앉아 서로 손을 꼭 잡고 인터뷰에 응했다. 아이의 어머니는 예전에 비해 눈물을 조금 더 흘렸지만, 이번에도 얼굴을 구기거나 찡그리는 일 없이 눈물을 우아하게 떨궜다. 그녀는 예전보다 더 여위고 피곤해 보였고 비싼 메이크업으로도 눈 밑의 다크서클을 가리지 못했다. 전과 달리 이번에는 아이의 아버지도 말을 했다. 그는 사건을 파헤치기 위해 최선의 노력을 다하는 과르디아 시빌과 판사들의 노고를 신뢰하고 있다고 했다. 그리고 자기 아들이 반드시 살아 돌아오리라는 희망을 놓지 않겠다고 덧붙였다. 그러고는 카메라를 똑바로 쳐다보며, 만약 그렇게 되지 않는다면 자신이 직접 나서 정의를 실현하겠다고 말했다.

인터뷰는 계속되었지만, 나는 그 메시지가 나를 겨냥한

것이며 다른 누구도 아닌 바로 나를 향한 것임을 알았기 때문에 더 이상 보지 않았다. 이번에는 누군가를 보내는 대신 텔레비전에 몸소 나와서 내게 이야기한 셈이다. 그렇게 하면 모든 이들이 자기 말을 분명하게 듣고 위협의 증인이 될 뿐만 아니라, 위협 또한 포도나무 덩굴에 걸린 성자들의 그림 카드 사이에 갇히지 않을 수 있었다. 나는 방송국 홈페이지에 올라온 인터뷰 영상을 앞으로 뒤로 돌려가면서 여러 번 보았고, 그가 직접 나서 정의를 실현하겠다고 말하는 장면을 수차례 반복해 보았다. 계속 반복하고 또 반복해서 보았다. 그런데 영상에서 그를 볼 때마다 웃음이 나왔다. 그는 원하면 언제든지 나를 위협할 수 있었고, 나를 실컷 두들겨 팰 수도 사냥총으로 쏠 수도 있었다. 하지만 그건 결코 정의가 될 수 없었다. 반면 할머니와 나는 그것을 해냈다. 우리는 그 아이가 자기 부모 자기 조부모 자기 증조부모와 같은 운명을 되풀이하지 않도록, 그렇게 하라보 가문의 역사가 거기서 영원히 끝나도록 만들었다.

10

천박하고 비열한 자들은 거짓말을 수없이 늘어놓았다. 내가 저주를 내리려 고양이를 죽였다고 떠드는 것들은 비열하기 짝이 없는 놈들이야. 카르멘이 텔레비전에서 그런 말을 하는 이들을 봤다고 하자, 나는 그렇게 대꾸했다. 얼마나 저속하고 비겁하고 같잖은 자들이면 그따위 말도 안 되는 소리나 지껄이고 다닐까. 나는 털이 반짝반짝 빛나서 왕처럼 보일 정도로 고양이들을 세심하게 보살피고 손질해준다. 예전에는 마을에서 고양이 예방접종을 하는 일이 흔치 않았다. 하지만 내 손녀딸이 건의해 지금은 4두로를 모으면 수의사가 여기로 찾아와서 예방접종을 해준다. 그 외에도 수의사들은 고양이들을 데려가 중성화 수술을 하기도 한다. 물론 이 마을에서 그렇게까지 하는 경우는 잘 없다. 여기서는 고양이가 태어나면 늘 그래왔듯이 봉지에 넣어 때려죽인다.

카르멘만 아니었으면, 나는 과일 가게로 달려가 과일 장수의 머리에 네 가닥 남은 더러운 머리카락을 잡고 온 동네를 끌고 다녔을 것이다. 도대체 뭘 하려는 거야? 너도 손녀처럼 잡혀가고 싶어서 그래? 나는 카르멘의 말을 듣고 상황을 더 악화시키지 않기 위해 잠자코 있기로 했다. 그래서 과일 장수의 머리털을 잡고 질질 끌고 다니지는 않았지만 그에게 응분의 대가를 치르게 해주었다. 나는 무릎의 살갗이 벗겨질 만큼 열심히 성녀에게 기도했다. 기도가 통했는지, 주말 동안 과일 가게의 냉장실이 고장 나는 바람에 그는 과일을 모두 버려야 했다. 월요일에 문을 열자 가게 안에 상한 냄새가 진동했다. 감자와 양파만 빼고 과일과 채소가 모두 썩어 있었던 것이다.

감옥에 갇히고 난 뒤, 손녀는 사람들이 더 이상 내게 무언가를 부탁하러 오지 않을 것이고, 나더러 저주를 내려달라고 하지도, 죽은 가족의 영혼들이 길을 잃고 헤매는지 아니면 천사들이 천국으로 데려갔는지 알려달라고 하지도 않을 거라고 생각했다. 하지만 나는 거짓말을 일삼는 자들과 야비하고 간악한 자들을 너무나도 잘 알고 있다. 그런 인간들은 우리를 두려워하기 때문에 오히려 전보다 더 많이 찾아온다. 밤이 되면 가끔 우리 집 대문 앞으로 두어 명씩 모여든다. 그런 날이면 나는 새벽이 될 때까지 잠자리에 들지 못한다. 이 집은 그들이 끌고 들어온 두려움을 느끼고 끼익하는 쇳소리와 삐걱거리는 소리를 낸다. 어둠의 그림자들 또한 농도가 짙어져서 여러분과 마찬가지로 그들 중 일부의 눈에 그것들이 보이는 경우도 있다. 그런 이들은 방 한구석에 검은 그림자가 어슬렁대는 것을 알아차리고, 집에 들어올 때보다 더 겁에 질려 아무 말도 하지 못한 채 다른 데로 시선을 돌린다. 또한 내 딸이 계단을 오르내리고 현관을 통과하길 반복하면서 그들의 옆을 지나갈 때 갑자기 싸늘한 냉기가 감돈다는 것도 눈치챈다. 그럴 때마다 내 딸이 있는 자리에 냉기가 서린다는 사실이 서글프게만 느껴진다.

그로부터 몇 주 후, 기자들이 마을에서 자취를 감추자 우리는 가슴속에 품고 있던 계획의 절반을 마무리 지었다. 그 망할 자식 한 놈은 내 딸아이한테 저지른 짓에 비해 너무도 오랫동안 자유롭게 활개 치고 다녔다. 물론 그놈을 더 일찍 처리할 수도 있었지만, 그러고 나면 내 딸을 더 이상 볼 수 없다는 사실이 가슴 아파 차일피일 미루고 있었다. 그 일을 옷장 속 어둠의 그림자들에게 맡기면 즉시 내 딸의 흔적마저 여기를 떠나게 될 것이고, 내가 죽어도 그 아이를 다시는 볼 수 없게 될 것이 분명했다. 나는 죽고 나서도 이 집의 네 벽 안에 갇혀 계속 남게 되리라는 것을 알기 때문이다. 성인들 또한 아무리 여럿 몰려와도 나를 영영 데려가려 하지는 않을 것이다. 한순간과 영원은 별개의 것이니까.

과르디아 시빌은 이 집뿐만 아니라 주변 어디에도 다시 찾아오지 않았다. 그들은 에밀리아 남편의 흔적은커녕 그 어떤 단서도 끝내 찾지 못한 채 곧 사건을 잊어버렸다. 남자아이의 사건은 여전히 미결로 남아 있다. 아이의 아버지가 수차례 전화를 걸어 닦달했지만, 사건은 이미 사람들의 뇌리에서 잊혀가고 있었다. 그는 처음에 경찰에게 으름장을 놓았으나, 시간이 흐르자 오히려 그들에게서조차 동정을 사기에 이르렀다. 결국 경찰 입장에서 아이의 아버지는 뿌리치고 싶어도 차마 그럴 수 없는 성가신 존재로 전락한 듯했다. 카르멘은 그 모든 것을 내게 이야기해주었다. 그녀는 내가 그런 이야기를 듣고 싶어 한다는 것을 알았기 때문에 마을에서 이런저런 말을 듣고 나면 내게 쪼르르 달려와 들려주곤 했다. 카르멘은 또한 남자아이의 어머니가 거의 바깥출입을 하지 않는다고 했다. 카르멘에 의하면, 부인은 이제 와인 양조장을 구경시켜줄 친구도 없는 데다, 핸드백을 사려고—그건 내 손녀딸이 코흘리개 녀석의 버릇없는 행동을 3개월 동안 꾹 참고 견뎌야 겨우 살 수 있을 정도로 비쌌다—마드리드에 갈 일도 없었다. 카르멘은 그녀가 집 밖으로 나왔을 때 젓가락처럼 야윈 데다 고개를 푹 숙이고 다녀 구천을 떠도는 영혼처럼 쓸쓸해 보였다고 했다.

이봐, 우리가 그 집 땅을 빼앗지는 못했을지언정, 그자들의 콧대를 팍 꺾어놓았잖아. 이제 마을 사람들은 그 부부를 보면서 존경심이나 두려움이 아닌 동정과 연민을 느낀다. 성자들이 세상만사에 관여하는 것이 아니기 때문에 부부는 여전히 돈이 많았다. 하지만 마을 사람들은 사제 뒤를 따라다니는 멍청한 복사처럼 그들 뒤를 졸졸 쫓아다니는 대신, 그들을 피하고 멀리한다. 누구든 불행이 닥치면 멀리하려는 것이 인지상정이니까. 일단 불행이 닥치면 마음속 깊이 박히기 때문에 나중에 그것을 빼내기가 여간 쉽지 않다.

카르멘은 엉덩이뼈가 부러지는 바람에 더 이상 내게 와서 이야기를 들려주지 못했다. 조카들은 그녀를 마리아가 머물고 있는 싸구려 요양원에 데려갔다. 카르멘은 평생 뼈 빠지게 일했지만, 연금을 거의 받지 못하던 터라 그런 곳으로 갈 수밖에 없었다. 하지만 하라보 부부는 카르멘에게 하루 치 입원비도 내놓지 않았다. 당초에는 하녀의 병원비를 돕는 경우는 없다고 발뺌하더니 나중에는 아예 한 푼도 줄 생각이 없다고 못 박았다. 그러고는 그녀가 계속 돈을 요구하면 쫓아내겠다며 엄포를 놓았다. 카르멘은 이미 늙어빠진 데다 페루 여자나 콜롬비아 여자를 고용하면 돈을 더 적게 주어도 군말 없이 열심히 일할 거라는 게 그 이유였다. 우리는 가끔 전화로 연락을 주고받지만, 요양원에 들어간 후로 카르멘은 기운이 없고 우울해졌으며 말수가 급격히 줄어든 탓에 예전 같지 않았다. 한번 이야기를 시작하면 벌린 입을 다물지 못하던 카르멘이었지만, 이제는 세 마디를 연달아 말하게 하려면 코르크 마개로 입에서 말을 끄집어내야 할 것이다. 나는 카르멘이 슬픔을 이기지 못하고 죽으리라는 걸 안다. 요즘 사람들은 그런 걸 우울증이라고 하지만, 이곳에서 평생을 산 사람들은 모두 그렇게 슬퍼하다 죽었다. 어느 순간부터 바깥출입을 하지 않다가 급기야 곡기를 끊고 삶의 의욕마저 잃어버리는 지경에 이르면 얼마 가지 않아 세상을 떠났다. 지금 카르멘도 그런 과정을 겪고 있는 셈이다. 죽고 나서도 나를 보러 와준다면 좋으련만. 그녀는 살아생전에 남에게 해를 끼친 적도 없거니와 힘이 닿는 데까지 모든 이를 도와주려고 했기 때문에 죽고 나면 성녀들이 알아서 천국으로 데려갈 것이다. 그녀는 하라보 부부와 과르디아 시빌을 제외한 그 누구도 미워하지 않았다. 성녀들이 데려가기 전에 나와 작별 인사를 나눌 시간이 있다면 얼마나 좋을까. 카르멘은 그 남자아이가 어떻게 됐는지 한 번이라도 생각해봤을까? 그녀가 이에 관해 물어본 적은 없었고 나 또한 입도 뻥긋하지 않았기 때문에 알 도리가 없다. 그 사건은 아무 관련도 없는 카르멘이 혼자 안고 가기에는 너무나 큰 짐이리라. 마음 같아서는 그녀가 세상을 떠나기 전에 만나서 모두 이야기해주고 싶지만, 그랬다가는 그 가족을 향한 분노에 사로잡혀 이승을 떠나지 않으려고 할까 봐 두렵다. 만에 하나 그렇게 된다면 여기, 이 집 안에 영원히 갇히게 될 테니까.

내 손녀도 처음에는 마음의 짐 때문에 많이 힘들어했다. 그 아이는 언제라도 과르디아 시빌이 집으로 쳐들어와서 자기를 잡아갈 거라고 생각했다. 밤에 자다가도 신문받던 중 그들에게 했던 말을 잠결에 웅얼거렸다. 옷장에 관해 몇 마디 중얼거리는가 하면, 그 못돼먹은 녀석들 중 하나가 팔을 잡고 계단 위로 끌고 갈 때 했던 말을 되풀이하기도 했다. 무슨말인지모르겠어, 무슨말인지모르겠어. 나는 손녀가 침대에서 같은 말을 계속 중얼거리는 소리를 들었다. 그러다 아침이 되면 그 아이는 밤새 한숨도 못 잔 것처럼 입안이 바싹 마르고 눈 밑이 보라색으로 변한 채 일어나곤 했다. 잠에서 깬 아이는 아무 말도 없었지만, 뇌리를 떠나지 않는 무언가에 대해 골똘히 생각하고 있다는 것이 얼굴에 역력히 드러났다. 아이는 집 바깥으로 나가지도, 거의 먹지도 않았다. 하루 종일 멍한 눈으로 긴 나무 의자에 드러누워 있곤 했다. 그곳에서 계속 기억을 곱씹고 있는 것 같았다. 나는 그들이 끝내 아무것도 찾지 못할 거라고 아이에게 거듭 말했지만, 아무리 설득해도 내 말을 믿게 할 방법이 없었다. 내가 무슨 말을 해도 소용이 없었다. 가려움증은 아이의 몸속에 들러붙어 쉽게 떨어지지 않았다. 나는 손녀가 마음 깊은 곳을 좀먹는 가려움증에 시달리다 카르멘처럼 죽어버릴까 봐 두려웠다.

그러던 어느 날 밤, 나는 잠결에 중얼중얼 혼잣말을 하고 있는 아이를 깨워 일어나게 했다. 그 잠꼬대를 더 이상 견딜 수 없었다. 아이가 잠시도 쉬지 않고 중얼거리는 바람에 밤새도록 불안하고 심란해서 미칠 지경이었다. 잠든 아이의 입에서 끊임없이 들려오는 이상한 소리 때문에 잠을 이룰 수 없어 뜬눈으로 밤을 지새워야만 했기 때문이다. 손녀를 깨우는 순간은 꿈이 아니라 마치 깊은 우물에서 건져내는 것만 같았다. 아이는 고열에 시달린 것처럼 땀을 흘리며 벌벌 떨고 있었는데, 눈을 뜨자마자 자기가 어디에 있는지도 모르는 것처럼, 그리고 나를 한 번도 만난 적 없다는 것처럼 어리둥절한 눈빛으로 나를 바라보았다. 끈적끈적한 하얀 침이 아이의 입안에 가득 괸 것도 모자라 입가에 덩어리져 있었고, 눈 밑 다크서클은 그 어느 때보다 깊고 거무스름해 보였다.

나는 아이의 손을 잡고 침대 맞은편에 있는 옷장으로 끌고 갔다. 이런 상황을 더 이상 참을 수 없었다. 이대로 가다가는 우리 둘 다 미쳐버릴 것만 같았다. 나무가 삐거덕거리는 소리와 함께 문이 몇 센티미터가량 열렸다. 옷장이 뭔가를 간절히 원하고 있다는 것을 느낄 수 있었다. 나는 손녀에게 옷장을 끌어당겨 벽에서 조금 떼어낼 수 있게 도와달라고 했다. 그런데 옷장은 돌멩이로 가득 찬 것처럼 엄청나게 무거웠다. 우리가 옮기려고 하자 영 못마땅한 모양이었다. 나는 벽 옆에 웅크리고 앉아 손가락으로 벽을 쭉 훑으며 벽돌을 세었다. 마지막으로 벽돌을 헤아려본 적이 언제인지 잘 기억나지 않지만 아주 오래전, 그러니까 내 손녀가 태어나기도 전이었던 것 같다. 한동안 나는 아버지가 다른 곳으로 사라졌는지 확인하기 위해 매주 거기에 갔다. 하지만 곧 아버지가 그곳을 영영 떠나지 않으리라는 것을 깨달았다. 결국 우리는 아버지가 파놓은 함정에 갇혀 빠져나올 수 없었지만, 그건 아버지도 마찬가지였다.

벽돌을 한쪽으로 밀자 조금 움직였다. 그러곤 그 벽돌

을 조심스럽게 잡아당겨 빼냈다. 그때 벽의 회반죽이 벗겨져 일부가 바닥으로 떨어졌다. 손녀는 내가 무엇을 하려는 것인지 전혀 짐작도 못 하곤 잠이 덜 깬 듯 흐리멍덩한 눈으로 나를 쳐다보고 있었다. 그 안을 한번 휙 둘러보고 나자 벌 받을 때처럼 무릎이 찌르는 듯 아파와서 나는 벽을 짚으며 힘겹게 일어섰다. 그러고는 정전이 발생할 때를 대비해—이 집을 완전히 어둡게 두어선 안 되므로—침대 옆 탁자 서랍에 넣어둔 손전등을 꺼내 손녀에게 건넸다.

아이는 손전등을 받아 들더니 아무 말 없이 무릎을 꿇고 앉았다. 아이가 잠들었을 때 내려갔던 그 우물에서 돌아왔는지는 알 수 없지만, 그사이 얼굴 표정이 싹 바뀌어 있었다. 여전히 땀을 흘리면서도 어금니를 힘주어 꽉 깨문 채였다. 아이는 이마로 흘러내린 머리카락을 쓸어 올리며 손전등을 켰다. 갑자기 집이 벌벌 떨리기 시작했다. 아래층에서는 문이 확 열렸다 쾅 닫혔고 냄비와 프라이팬이 부엌 바닥에 떨어지는 소리가 들렸다. 이 집에서 이렇게 요란스러운 소리가 난 것은 정말로 오랜만이었다. 어둠의 그림자들이 식탁 위에 있던 수저를 던지거나 가구 문짝을 몇 센티미터가량 열어보는 경우는 가끔 있었지만, 지금처럼 소란스럽게 군 지는 꽤 오래되었다.

아이는 벽돌 사이에 난 틈으로 손전등을 집어넣고 벽에 얼굴을 가까이 들이대면서, 불빛을 이리저리로 움직였다. 그리고 마침내 그것을 보았다. 돌연 아이가 화들짝 놀라면서 얼굴을 더 바싹 가져다 대는 걸 보니 그것을 발견한 것이 틀림없었다. 땀에 젖은 머리카락에 회반죽 가루가 달라붙었다. 손전등 불빛 속으로 세 개의 형상이 드러났다. 그중 가장 큰 것은 눈구멍이 텅 비어 있었는데, 입을 헤벌린 채 늘 있던 자리에 꼼짝없이 기대고 있었다. 바로 옆에는 또 다른 남자의 형상이 있었다. 아직 이 집에게 완전히 갉아먹히지 않은 모습으로 보아 거기에 그리 오래 있던 것이 아닌 게 분명했다. 세 번째 형상은 키가 1미터도 채 되지 않았다. 다리를 쭉 뻗고 양손을 옆으로 펼친 채 벽에 기댄 모습이었다. 눈은 감겨 있었다.

손녀는 벽에서 물러서더니 벽돌을 다시 제자리에 끼워 놓았다. 그러고는 손전등을 끄고 바닥에서 일어났다. 이어서 잠옷 바지에 묻은 흙먼지와 머리카락에 붙은 회반죽 가루를 털어냈다. 집은 정적에 잠겨 있었고, 뒷마당의 고양이 소리만이 들려왔다. 날이 더우면 녀석들은 집 안에 들어와 자지 않았다. 우리는 옷장을 원래 있던 곳으로 밀어 넣었다. 그런 다음 각자의 침대에 누웠고 나는 탁자 위의 전등을 껐다.

감사의 말

가장 먼저 외할머니께 감사의 뜻을 전하고 싶다. 외할머니 덕분에 당신 집안과 가족 이야기를 쓸 수 있었다. 외할머니는 내게 성인들의 생애를 상세히 설명해주셨을 뿐만 아니라, 그분들의 이야기를 귀담아듣도록 가르쳐주셨다. 그리고 침실 한구석에 나타나는 죽은 이들에 관해서도 말해주셨다. 복수의 힘을 믿었던 어머니에게 감사의 뜻을 전한다. 아버지와 오빠에게도 감사의 말을 전하고 싶다. 그들이 굳이 말로 표현하지 않아도 이 이야기를 자랑스럽게 여긴다는 것을 잘 알고 있다. 이 이야기를 처음 읽어준 사라와 무니르에게도 고마운 마음을 전하고자 한다. 그리고 이 책의 교정을 맡아주고 필요한 도움을 주었을뿐더러, 무엇보다 이 소설의 가능성을 믿어준 편집자 빅토리아에게도 감사의 뜻을 전한다. 마지막으로 호세에게도 고맙다는 말을 전하고 싶다. 내 증조할아버지가 '여자들을 등쳐먹고 살았다'는 사실을 전화로 이야기했을 때부터, 호세는 이 책이 전하는 이야기의 일부가 되었을 뿐만 아니라 내 이야기의 일부가 되었다.

옮긴이의 말

시간의 복수, 새로운 삶을 향한 여정

2021년 말, 마드리드 출신의 작가 라일라 마르티네스가 소규모 독립 출판사인 아모르 데 마드레(Amor de Madre, '어머니의 사랑'이라는 뜻)에서 《나무좀》을 출간할 때만 해도, 이 작품이 그렇게 큰 반향을 일으키리라고 예측한 사람은 거의 없을 것이다. 하지만 이 작품은 출간되기가 무섭게 전 세계 독자들과 비평가들로부터 커다란 관심을 받았다. 그렇다면 무명에 가깝던 작가의 첫 작품이 이런 성과를 거두게 된 이유는 무엇일까?

*

스페인 내전(1936~1939)과 그에 뒤이은 프랑코 독재 체제는 스페인 근대 역사의 분기점으로 스페인 민중, 특히 여성들의 삶에 지울 수 없는 상흔을 남겼다. 하지만 그 상흔은 아직 끝나지 않은 과거로 오늘날까지도 스페인 사람들의 삶에 커다란 영향을 미치고 있다. 독재 정권을 거치는 동안 공적 담론의 영역에서 철저하게 배제된 폭력과 억압의 경험은 파편화된 채, 대중의 무의식 속에서 떠돌아다니게 되었다. 이러한 현실은 1975년 프랑코 정권이 종식되고 민주주의로 이행하는 시기에도 달라지지 않았다. 새로운 권력자들은 화해와 관용의 담론을 통해 대중들에게 '망각'을 강요했기 때문이다. 국가권력에 의해 독점되고 통제되는 언어(담론)—도구적 언어—속에서 지워진 기억이 설 자리는 없어지고 말았다. 이런 상황에서 권력에 의해 점령된 영토, 즉 잃어버린 언어를 되찾기 위해 작가들이 할 수 있는 일은 강요된 망각을 넘어 전쟁과 폭력이 남긴 끔찍한 상처를 어떻게 이야기할 것인가, 그리고 파편으로 떠도는 이야기들을 어떻게 하나의 이야기로, 집단적 기억으로 다시 만들 것인가를 치열하게 모색하는 것이리라. 라일라 마르티네스의《나무좀》도 이런 모색의 결과가 아닐까.

《나무좀》은 스페인 내전 전부터 오늘날에 이르기까지 4대에 걸친 여성들의 삶을 그린 작품으로, 라만차 지방의 황량한 벌판에 위치한 어느 집에서 살아가는 손녀와 할머니의 이야기를 중심으로 전개된다. 그들은 서로 번갈아 화자로 등장하면서 자신과 가족에게 닥친 가혹한 운명을 원망하는가 하면, 억울한 누명을 벗기 위해 독자를 상대로 독백과도 같은 이야기를 풀어나간다(때로는 시로의 발언을 부정하거나 반박하기도 한다). 그런데 이 작품에서 가장 두드러지는 정서는 질식할 듯한 절망감이다. "아무도 이 집을 떠나지 않는다"는 할머니의 말에서 드러나듯, 감옥 같은 집에 갇혀 평생을 살아야 한다는 두려움이 그들의 가슴을 옥죈다. 그런데 그들의 앞을 가로막고 있는 거대한 절망감의 정체는 바로 여성의 육체에 가해지는 남성의 폭력과 억압이다. 그 집을 세운 사람은 여자들을 등쳐먹고 살았던 손녀의 증조할아버지다. 그는 여자들을 하나씩 꼬드긴 다음 무자비한 폭력을 휘둘러 번 돈으로 황량한 벌판에 집을 짓고 아내를 가두어버린다. 아무도 벗어날 수 없는 그 집은 대대로 여성의 감옥이 되고 만다.

이 작품을 지배하는 첫 번째 폭력이 젠더에 의한 것이라면 두 번째는 계급 적대로 인한 것, 즉 경제적 폭력이다. 가난한 마을에서 왕처럼 군림하고 있는 하라보 가족이 그 주인공이다. 특권층인 그들은 마을 사람들을 수탈하고 자신들이 원하는 바를 충족하기 위해 어떤 짓이든 서슴지 않는다. 하라보네 집에서 오랜 시간 동안 하녀로 일한 할머니와 손녀, 그리고 카르멘에게도 마찬가지다. 마지막으로 이 작품의 콘텍스트를 구성하는 것은 스페인 내전이라는 정치적 폭력이다. 결국 정치적 폭력은 젠더 폭력과 경제적 폭력이 결합되면서 나타난 결과나 다름없다. 구체적으로 묘사되지는 않지만, "산책"이라는 은어나 "어둠"과 "구덩이" 등의 이미지는 스페인 내전 당시에 자행되던 폭력과 공포를 오히려 더 실감나게 전한다. 이처럼 라일라 마르티네스는 당시 사회 갈등을 사실적으로 푸는 대신, 전설과 민담의 형식을 통해 여러 겹의 폭력과 억압을 탁월하게 표현할 뿐만 아니라, 그 너머에 어른거리는 국가/권력과 돈/자본의 그림자를 포착해낸다.*

여기서 주목해야 할 것은 화자인 할머니와 손녀의 이야기보다도 그들이 살고 있는 기괴한 집, 즉 유령들—"어둠의 그림자들"—이 들끓는 집이 의미화의 중심을 이루고 있다는 점이다. 정체를 알 수 없는 유령들이 집 곳곳을 돌아다니는가 하면—심지어는 옷장이나 침대 밑, 부엌 찬장과 큰 솥 안에 숨어 지내기도 한다—가끔 성인들과 천사들이 지붕이나 벽에 나타나 할머니를 어디론가 "데려가기"도 하지만, 위험한 순간에는 중얼거리거나 시끄러운 소리를 내기도 하고 집 전체가 움츠러들기도 한다.

---

* 그런 점에서 《나무좀》은 총소리 한 번 나지 않고도 베트남전쟁의 본질을 날카롭게 드러냈다고 평가받는 황석영의 《무기의 그늘》(1988)에 비견할 만하다.

나는 이 집에 도사리는 어둠의 그림자들도 볼 수 있다. 그것들은 계단과 복도를 기어다니다 천장으로 기어 올라가는가 하면 문 뒤에 숨어서 밖을 엿보기도 한다. 이 집은 그런 것들로 바글바글하다. 우리가 지켜본 바에 의하면, 그중 일부는 마을과 산에서 왔지만 대부분은 이 집이 지어졌을 때부터 줄곧 여기에서 살았다. 그것들은 벽돌의 모르타르와 벽에 바른 석회에 뒤섞여 있다. 이 집의 터와 기와, 바닥과 대들보에도 있다. 온 세상이 굶주림과 먼지로 변하고 죽은 자들과 산 자들을 구별할 수 없던 3년의 전쟁과 전후 40년 동안, 그것들은 이 집을 안전하게 지켜주었다. (…) 세상 모든 일에는 대가가 있고, 어떤 경우라도 그 대가를 치러야 하는 법이다. 그것은 우리 가족이 잘 알고 있는 또 다른 사실이다. 조만간 모든 것의 대가를 치르게 될 것이다.

"그 여자들의 몸 위에 세워졌고, 우리 어머니 몸 위에서", 즉 "어머니의 고통과 두려움 위에서" 간신히 버티고 서 있는 집은 손녀의 증조할아버지가 후손들에게 남긴 "저주"였다. 결국 이 작품에서 집은 지울 수 없는 상처가 새겨진 여성의 몸을 상징하는 동시에, 이들의 분노와 증오, 복수심을 통해 억압되고 망각된 기억—집단적 기억!—을 되살려내 아직 도래하지 않은 세계, 즉 미래의 지도를 그려

내는 이야기꾼이기도 하다. "세상 모든 일에는 대가가 있"다. 다시 말해 집은 복수를 통해 저주와도 같은 절망감을 넘어 새로운 이야기를, 새로운 삶을, 그리고 새로운 생명을 끊임없이 생산해내는 여성의 몸을 상징한다.

작품에서 복수는 모두 세 차례에 걸쳐 행해진다. 복수의 첫 번째 고리는 손녀의 증조할머니로부터 시작된다. 스페인 내전 직전, 그녀의 남편은 교제하던 여자들을 꼬드긴 다음 매춘을 시켜 큰돈을 벌었다. 그는 그 돈으로 황량한 벌판에 집을 짓고 아내를 가두어버린다. 남편의 폭력에 시달리던 그녀는 징병을 피하려고 하는 남편을 도리어 벽 안에 가두고 산 채로 죽게 만든다. 그는 "자신이 짓고 있던 감옥 안에 스스로 갇히게 되리라는 것을 까맣게 모"른 채 죽음을 맞이한다. 첫 번째가 여성의 몸에 가해지던 남성의 폭력에 대한 복수였다면, 두 번째는 돈 혹은 지배계급의 폭력에 대한 복수, 즉 마을의 지주 하라보네에 대한 복수다. 하라보 부부의 집에서 하녀로 일하던 손녀는 굴욕감을 견디지 못하고 그 집 아들을 납치해 살해한다. 그녀는 "그 아이가 자기 부모 자기 조부모 자기 증조부모와 같은 운명을 되풀이하지 않도록, 그렇게 하라보 가문의 역사가 거기서 영원히 끝나도록 만들"기 위해 정의의 응징을 실현한 셈이다. 반면 세 번째이자 마지막 복수에서 할머니의 딸이자 손녀의 어머니—그녀는 이미 어둠의 그림자가 되어 집을 배회한다—를 납치해 살해한 혐의가 있는 에밀리아의 남편이 집에 찾아오자, 두 사람은 그를 집 안에 가두어버린다. 이 세 번의 복수는 모두 집에서 이루어질 뿐만 아니라, 집 또한 할머니와 손녀의 범행에 적극적으로 가담한다(특히 세 번째의 경우, 집—정확히는 옷장—이 남자를 꿀꺽 삼켜버린다).

할머니가 말했다. 이제 뭘 해야 하는지 알겠지? 그리고 나는 그렇게 했다. 나는 마치 유령이라도 본 것처럼 꼼짝 않고 있는 남자의 팔을 붙잡았다. 어쩌면 그는 정말로 유령을, 아니 그보다 더 무시무시한 것을 보았는지 모른다. 이 세상에는 죽은 자들이 나타나는 것보다 더 무시무시한 일들이 많이 있으니까 말이다. 위층에서 쿵쿵거리는 소리가 점점 더 커지고 있었지만, 내가 계단에 발을 딛는 순간 갑자기 조용해졌다. 나는 그 남자를 끌고 위층으로 올라가 방으로 들어갔다. 그 순간 침대 시트 자락이 가볍게 흔들리며 부츠 굽이 그 아래로 사라졌다. 옷장 문은 여전히 열려 있었다. 그 안에서 골짜기나 저수지의 안개처럼 싸늘하면서도 축축한 공기가 흘러나왔다. 남자는 내 귀에 들리지 않는 웅얼거림에 홀린 듯 옷장을 향해 걸어가기 시작했는데, 나는 그곳에 무언가가 있다는 걸 알아차렸다. 매미의 울음소리가 뼛속 깊은 곳까지 울리는 것 같을 때, 곧 정전이 일어나거나 폭풍우가 몰려오리라는 것을 예감하듯이 사태를 직감할 수 있었기 때문이다. 어둠의 그림자들이 그를 삼키자 나는 문을 닫아버렸다.

이처럼 남성과 돈, 국가권력의 폭력에 대한 응징으로서 세 차례의 복수는 모두 구체적인 행위를 통해서 이루어지지만, 동시에 상징적인 사건이기도 하다. 다시 말해 손녀와 할머니의 복수극을 개인의 분노와 원한을 풀기 위한 사적제재에 그치지 않는, 시간의 복수로 해석할 수도 있다. 실제로 스페인 내전 전부터 오늘날에 이르기까지 상당히 긴 시간에 걸쳐 일어난 이 복수들은 텍스트에서 복잡한 지층을 이루고 있다. 이러한 시간의 지층은 연대기적인 시간을 벗어나, 과거와 현재가—단순히 공존하는 것이 아니라—서로 부단하게 뒤섞이면서* 삶의 새로운 의미와 형식을 언뜻언뜻 보여준다. 마치 거울의 방에 들

---

* 일부 평론가들은 《나무좀》에서 작가의 착각으로 (연대기적) 시간의 오류가 나타나고 있다고 지적한다. 하지만 이는 착각이 아니라 의도적인 것이 아닐까? 복잡하게 얽힌 시간의 지층—텍스트—속에서 현재-과거-미래가 부단하게 교통함으로써 나타나는 시간의 착종이 아닐까? 마치 보르헤스의 작품에서 흔히 나타나는 '의도적인 시대착오(anacronismo deliberado)'가 아닐까?

어가면 자신의 존재가 무한하게 분열하고 증식하는 것처럼, 이 집에 들어서는 순간 고정된 시간의 질서가 무너지면서 현재가 과거 속으로, 그리고 과거가 현재 속으로 침투하여 가능한 미래(들)를 무한하게 조합해낸다.* 라일라 마르티네스는 시간의 전쟁을 통해 권력과 돈이 지배하는 질서와 법적 폭력을 해체하는 동시에 잃어버린 언어를 통해 아직 도래하지 않는 집단적 기억—미래의 기억—을 향해 나아간다. 이를 뒷받침하는 한 가지 흥미로운 사실은 할머니와 손녀의 가슴속에서 복수심이 타오를 때마다 마치 몸속에 나무좀이 기어든 것처럼 가려움 증상이 나타난다는 것이다.

> 누군가 기도할 때나 매미가 울 때처럼 웅얼웅얼하는 소리, 또는 무언가를 손톱으로 할퀴거나 흰개미 떼가 이빨로 갉아

---

* 이러한 면도 보르헤스 문학이 연상된다. "시간의 무한한 연속들, 현기증 날 정도로 어지러이 증식되는, 즉 분산되고 수렴되고 평행을 이루는 시간들의 그물 (…) 서로 접근하기도 하고, 서로 갈라지기도 하며, 서로 단절되기도 하고, 수백 년 동안 서로에 대해 알지 못하기도 하는 이러한 시간의 구조"를 토대로 "모든 가능성"을 포괄하는 무한한 이야기에 도달할 수 있을 뿐만 아니라, 가능성들의 세계 혹은 대안적 세계를 포착한다는 점에서 그렇다. (호르헤 루이스 보르헤스, 〈끝없이 두 갈래로 갈라지는 길들이 있는 정원〉, 《픽션들》, 황병하 옮김, 민음사, 164~165쪽)

먹을 때처럼 날카롭게 긁는 소리 (…) 무엇보다 나는 그 아이의 몸속에 살고 있는 나무좀이 어떤 것인지 잘 알고 있기 때문에, 마치 앞발을 쳐들고 뛰쳐나갈 듯 몸을 움찔움찔하다가도 기어코 끝내 달려 나가지 못하는 말[馬]처럼 가슴속에 자리 잡아 간질간질하는 느낌을 잘 알고 있기 때문에 그 외 다른 모든 것에 대해서도 절대 나를 속일 수 없다.

이러한 가려움 증상은 권력/폭력에 의해 언어에서 배제되어온 것들—육체가 없는 유령처럼 사람들의 무의식에 떠돌거나 망각의 늪 속에 가라앉은 것들이, 다시 말해 그동안 철저하게 억압되어온 어떤 가능한 삶이, 대안적인 세계가 시간의 복수를 통해 의식의 표면으로 떠올라 구체적인 형상으로 드러나려고 할 때 나타나는 현상일지도 모른다. 가려움은 사회의 주변부에서 끓어오르는 욕망, 즉 시간이라는 감옥에 갇힌 존재를 해방함으로써 무한한 삶의 가능성을 실현하고자 하는 광기의 증상이다.* 그래서 《나무좀》의 가려움과 질식감은 결국 광기로 발현될 수밖

* 보르헤스는 이러한 경험을 '득실거림'이라는 말로 표현한다. "바로 그 순간부터 나는 내 주변과 나의 깜깜한 몸뚱이 안에, 눈에 보이지 않고 손으로 만질 수 없는 어떤 것이 득실거리고 있는 듯한 착각에 사로잡혔다." (호르헤 루이스 보르헤스, 앞의 책, 162쪽)

에 없다. 할머니와 손녀에게서 나타나는 광기는 기존의 질서를 부정하고 다른 세계로 향하려는, 미래의 언어로 말하는 미친 여자의 이야기라는 유토피아적인 욕망에 다름 아니다. 광기-미친 여자의 이야기는 결국 국가권력과 현실 정치 논리의 이면에 드러나는 순수한 여성성의 세계, 혹은 여성성에 기초한 새로운 공동체의 전조가 아닐까.* 그렇다면 할머니와 손녀, 더 나아가 라일라 마르티네스와《나무좀》은 현실의 논리에 포섭되기를 저항하며 또 다른 세계를 꿈꾸는 셰에라자드가 아닐까.**

'영원히 여성적인 것이 우리를 이끌어 올린다(Das ewig Weibliche zieht uns hinan).'

---

* 최근 스페인에서 과거-이야기-재구성을 주제를 다룬 소설들이 다수 출간되고 있는데, 그 대부분이 여성 작가의 작품이라는 점도 결코 우연은 아닐 것이다. 대표적인 작품으로는 크리스티나 파야라스의《네 아버지와 어머니를 공경하라(Honrarás a tu padre y a tu madre)》(2018), 에두르네 포르텔라의《꽉 감은 눈(Los ojos cerrados)》(2021), 아로아 모레노 두란의《간조(La bajamar)》(2022), 엘비라 나바로의《아리아드나의 목소리(Las vocesde Ariadna)》(2023) 등을 꼽을 수 있다.

** 이 작품이 대부분 구어적인 표현으로 이루어진 것도 이와 무관하지 않을 것이다. 지배 권력의 글쓰기 전통에 대항하는 여성의 목소리-광기의 언어.

나무좀

1판 1쇄 발행 2024년 9월 6일

지은이 · 라일라 마르티네스
옮긴이 · 엄지영
펴낸이 · 주연선

(주)은행나무
04035 서울특별시 마포구 양화로11길 54
전화 · 02)3143-0651~3 | 팩스 · 02)3143-0654
신고번호 · 제 1997 — 000168호(1997. 12. 12)
www.ehbook.co.kr
ehbook@ehbook.co.kr

ISBN 979-11-6737-460-8 (04800)
979-11-6737-396-0 (세트)